ASPETTANDO L'AMORE

Windswept Bay: Volume Cinque

DEBRA CLOPTON

ASPETTANDO L'AMORE

Copyright © 2016 Debra Clopton Parks

Titolo originale: *Holding Out for Love*

Traduzione di Ernesto Pavan

Aspettando L'amore

Jillian Sinclair ha bisogno di un uomo e ne ha bisogno subito. Sogna di diventare madre, ma il suo medico le ha appena dato una cattiva notizia: se ha intenzione di restare incinta, non le rimane molto tempo. Jillian vorrebbe trovare il vero amore, come le sue sorelle, ma si ritroverà forse costretta ad accontentarsi di qualcosa di meno pur di avere il figlio che desidera? L'ultima cosa di cui ha bisogno è che l'unico uomo che abbia mai amato e che ha perduto torni in città.

Il poliziotto sotto copertura Ryan Locke è di nuovo a Windswept Bay, ma quanto vi resterà? Ha spezzato il cuore di Jillian quando le ha preferito la sua carriera. Può Ryan essere la risposta alle preghiere di Jillian, o la sua dedizione alla giustizia glielo porterà via un'altra volta?

CAPITOLO UNO

Cosa faccio adesso?

Jillian Sinclair scacciò le lacrime che le sfocavano la vista mentre si inginocchiava nell'aiuola del Windswept Bay Resort, ancora stordita e incredula un'ora dopo essere uscita dallo studio del suo medico. Sentiva il panico serrarle la gola mentre conficcava una paletta da giardiniere nel suolo, smuovendolo quanto bastava per potervi affondare le mani guantate. Jillian rimosse terriccio sufficiente da fare spazio a una delle numerose felci che lei e la sua squadra stavano piantando in preparazione alla festa del

Ringraziamento che la sua famiglia organizzava sempre per gli ospiti del resort e i membri della comunità.

Il Ringraziamento...

Jillian serrò le palpebre, smettendo di lavorare mentre cercava qualcosa per cui essere grata dopo aver scoperto che le sue speranze e i suoi sogni per il futuro stavano avvizzendo di minuto in minuto; anzi, erano probabilmente già oltre la sua portata.

Cercò di ricacciare indietro le lacrime che rischiavano di rivelare il suo dolore a chiunque si fosse avvicinato o le avesse chiesto qualcosa prima che si fosse ricomposta.

Non piangerò. Non penserò al bicchiere mezzo vuoto...

C'erano tante cose, nella sua vita, per cui avrebbe dovuto essere grata; si sarebbe concentrata su quelle.

Ma le parole del medico pulsavano incessanti, come un'emicrania, sulla superficie dei suoi pensieri...

"La possibilità che tu concepisca un figlio diminuirà considerevolmente nei prossimi due anni. L'endometriosi è troppo diffusa. Prima o poi... prima

che poi... sarà necessario eseguire un'isterectomia totale. Mi dispiace, Jillian."

Non più di quanto dispiacesse a lei. Jillian voleva dei figli. Voleva concepirli, sentirli scalciare nel suo grembo, provare la gioia incredibile di avere una vita che cresceva dentro di lei... voleva conoscere l'amore del padre del suo bambino, vivere quel viaggio benedetto assieme all'amore della sua vita.

Ma non c'era alcun amore all'orizzonte.

Solo la bomba che le era stata sganciata addosso quella mattina.

Com'era possibile che i suoi recenti, dolorosi problemi femminili stessero avendo effetti così devastanti, così in fretta... e in maniera così inaspettata? Rendersi conto che le sarebbe stato impossibile concepire un figlio, a meno di non agire in fretta... Avvertì una stretta al cuore e si sentì cogliere da una vertigine, senza fiato. *Aveva bisogno di un marito.*

Ne aveva bisogno subito, se voleva realizzare il sogno di portare in grembo un figlio.

Ma ci sono delle alternative.

Era vero. Non era l'opzione che lei preferiva: il suo sogno era quel lieto fine tradizionale di cui godevano le sue tre sorelle. Era questo ciò che voleva.

Sedendosi sui talloni, allontanò i capelli dal viso col dorso del guanto da giardinaggio e passò lo sguardo sul marciapiedi, dove la sua squadra stava preparando il suolo per il trapianto di massa. Di mezzo non c'era solo il Ringraziamento, ma anche il riammodernamento delle stanze dell'ala posteriore del resort, che dava sulla splendida baia. Era un periodo impegnato per lei, che dirigeva le operazioni di giardinaggio, ma Jillian adorava ogni singolo aspetto del suo compito, che consisteva nel mantenere splendido il resort di famiglia per quegli ospiti che vi si recavano per riposare, rinvigorirsi e festeggiare. Far sì che le aree verdi rimanessero accoglienti e incantevoli era una gioia per lei.

Ma al momento, lei non provava alcuna gioia.

Piantare e guardare le piante crescere e sbocciare nel loro pieno potenziale era gratificante. Guardare dei figli crescere e aiutarli a raggiungere il loro pieno potenziale… era stato il suo sogno. La maternità era stata il suo sogno. Un rumore proveniente dal secondo piano attirò la sua attenzione. Vide Abe, l'impresario a cui avevano affidato la ristrutturazione, aiutare a spostare alcune assi di compensato in una delle stanze in corso di riammodernamento.

E Abe?

Erano usciti qualche volta... due, per essere precisi. Lui era davvero una brava persona. *Poteva essere la sua speranza?*

Jillian si sfilò i guanti e si sfregò la tempia. Abe aveva una bellezza grezza e forte ed era un uomo gentile, ma lei non avvertiva alcuna scintilla o volo di farfalle nello stomaco quando era con lui. E lei *voleva* sentire quel volo di farfalle.

Così com'era successo alle sue sorelle quando avevano trovato l'amore della loro vita. Ciascuna di loro si era innamorata profondamente, follemente, perdutamente, in poco tempo. E Jillian era piuttosto sicura che, in casi come quelli, le farfalle fossero d'obbligo. Considerato, poi, che era stata lei a piantare centinaia di cespugli di buddleja nei giardini che adorava, per nessun motivo si sarebbe accontentata di qualcosa di meno delle farfalle quando si trattava di innamorarsi.

Avrebbe potuto accontentarsi pur di avere un bambino?

Alla luce della notizia che aveva appena ricevuto, poteva davvero aspettare l'amore?

Era felice per le sue sorelle – molto, molto felice – ma il suo orologio biologico ticchettava rapidamente quanto quello di Shar, Olivia e Cali. *Ah!* Altro che orologio: una bomba a orologeria, piuttosto.

"Ehi, sorella, come va?" chiamò Shar, facendola sussultare, mentre correva lungo il marciapiedi. I suoi capelli scuri e i suoi lucenti occhi verdi erano così diversi da quelli di Jillian e Olivia che era difficile credere che loro tre fossero gemelle. Ma lo erano in tutto e per tutto, tranne – a quanto pareva – per quanto riguardava le loro opportunità di riprodursi.

"Benissimo," mentì Jillian, appiccicandosi un sorriso sul volto. Per fortuna era riuscita a controllare le lacrime. "Cosa combini oggi?"

Shar si illuminò in viso. "Sono venuta a fare due chiacchiere con Abe. Gage e io abbiamo fatto dei progetti per espandere l'Ospedale delle tartarughe coi fondi che abbiamo donato a nome di suo padre. Sono venuta a chiedere quando Abe potrà passare da noi per un preventivo. Mi piacerebbe molto cominciare prima della fine dei lavori al resort… sempre che Abe abbia tempo per dirigere due ristrutturazioni contemporaneamente."

"Sarebbe bello," disse Jillian. Shar adorava salvare le tartarughe di mare e aveva trovato un'anima gemella che condivideva la sua passione. Lei e Gage erano perfetti insieme. Incredibile come fossero fatti l'uno per l'altra. Jillian aveva sempre chiamato Shar 'Superdonna' per via della sua dedizione e della sua passione per la protezione e il salvataggio degli animali marini e per l'aiuto che prestava all'Ospedale delle tartarughe di mare di Windswept Bay. Dio aveva fatto un ottimo lavoro quando aveva creato Gage come suo perfetto compagno di vita.

Dio avrà creato qualcuno anche per me?

E in tal caso, quando aveva intenzione di farsi vivo costui? O le sarebbe toccato dimenticarsi le farfalle e, piuttosto, trovare un brav'uomo da cui avere un figlio? Abe era un brav'uomo.

Shar la osservò. "Vieni all'inaugurazione della casa di Cali?"

Cali. "Oh." Jillian ebbe un sussulto e scattò in piedi come una molla. "Ho perso il senso del tempo. Devo andare a casa, fare una doccia e prendere gli stuzzichini che ho preparato." Si spolverò le ginocchia; per fortuna aveva preparato da mangiare prima che l'incontro col medico, quella mattina, le facesse perdere la testa.

Shar rise. "Ehi, calmati. Farò sapere agli altri che vieni. Tanto mi fermerò solo un attimo qui; poi andrò subito da Cali. È tutto a posto."

Jillian non era d'accordo. Al momento, non era tutto a posto. Ma non intendeva far sapere ad altri che stava facendo i conti con una brutta notizia. Non era il momento giusto. "Farò in fretta. Ci vediamo là."

Dovette affrettarsi a guidare lungo la spiaggia e fino al suo piccolo bungalow sul fianco di una collina separata da una strada dalla spiaggia, dal cui cortile posteriore si intravedeva l'oceano. Jillian amava la spiaggia, ma quando si era messa a cercare casa ne aveva scelta una che avesse spazio per i suoi fiori e una bella vista piuttosto che un accesso diretto alla spiaggia. Si levò gli abiti impolverati, raccolse i suoi folti capelli e li legò prima di saltare sotto una doccia a malapena tiepida.

Un'ora dopo, ancora senza fiato, parcheggiò l'auto dietro una Dodge nera nel viale di Cali e Grant, e trasse un sospiro di sollievo per il fatto di non essere troppo in ritardo. *Come poteva aver dimenticato che sua sorella quella sera avrebbe dato una festa speciale con la sua famiglia?* Era un momento speciale per Cali e suo marito Grant, un artista di grande talento. Erano felicissimi e Jillian era felice per loro e per le sue altre due sorelle, Shar e Olivia.

Scendendo di corsa dall'auto, coi pensieri che andavano in mille direzioni diverse, Jillian sbatté la portiera e aprì il bagagliaio del piccolo SUV. Tirò fuori il contenitore grosso e basso dove aveva riposto la torta, la pie e gli stuzzichini che aveva portato. I suoi quattro fratelli presenti alla festa mangiavano come un reggimento, per cui il cibo doveva essere abbondante… e Jillian amava cucinare e preparare dolci, per cui lo sforzo in più non le era costato poi tanto. E poi, alla festa ci sarebbero stati anche diversi amici, per cui avere qualcosa in più non guastava.

Jillian aveva le mani piene; dovette stringersi il contenitore al fianco e reggerlo in maniera precaria. Trattenendo il fiato e sperando che il contenitore non cedesse, allungò una mano, afferrò la maniglia e tirò verso il basso. Il contenitore scivolò.

Jillian sussultò e guardò mentre la sua key lime pie e la torta alla crema a tre strati scivolavano da un lato del basso contenitore, alterandone l'equilibrio. Si rese subito conto che tutto stava per cadere a terra. Cercò di afferrarlo, ma sapeva che era troppo tardi.

"Ooops. Ecco fatto," disse un uomo apparso dal nulla, la testa scura china mentre, con entrambe le mani, impediva al contenitore di cadere.

Jillian raggelò quando Ryan Locke spostò lo sguardo e incrociò il suo… scioccato e inorridito.

Spigliato, mascolino, nonché l'unico uomo che le avesse mai fatto dolere il cuore per un amore giovane e sciocco. Ed era tornato in città.

L'unico uomo ad averle fatto il cuore a pezzi, per

di più senza nemmeno essersene reso conto.

Jillian rimase di sasso mentre fissava quell'uomo che non aveva mai dimenticato. Non riusciva a respirare; non riusciva nemmeno a pensare mentre tutte le parole che aveva in mente evaporavano. Riuscì solo a pronunciare il suo nome: "Ryan."

Le ci volle tutta la sua forza di volontà per spingere quel nome fuori dalle sue labbra paralizzate mentre i ricordi dell'ultima volta in cui lo aveva visto lampeggiavano a colori vivaci e mortificanti nella sua mente.

"È bello vederti, Jillian. Ne è passato di tempo."

Non abbastanza. Jillian avrebbe voluto che la terra si aprisse a inghiottirla. Non riuscì a dire nulla.

Come se non si fosse accorto del suo silenzio, Ryan proseguì. "Spero che non ti dispiaccia se sono venuto alla festa. Mi ha invitato Jax; poi sono passato da Levi al dipartimento di polizia e mi ha invitato anche lui, per cui ho pensato di venire a salutare la tua famiglia."

Jillian si levò un rospo da due tonnellate dalla gola. "Oh," gracchiò. "Ma certo che non mi dispiace.

Perché dovrebbe?" Non appena formulò quella domanda, Jillian ebbe un sussulto interiore. Sapeva esattamente perché Ryan le avesse posto quella domanda: l'ultima volta in cui si era trovata nella stessa stanza con lui, a diciott'anni, gli era saltata addosso in maniera decisamente mortificante. Avvampò e si rese conto di essere probabilmente dello stesso fucsia del proprio abito.

"Tu e Ryan vi conoscete già? È fantastico."

Jillian staccò gli occhi di dosso a Ryan e avvertì uno svolazzare di farfalle nello stomaco mentre fissava sconvolta la sua amica Blair Bainers. Blair, dal canto suo, sorrideva da un orecchio all'altro. La ragazza lavorava con Jillian ai giardini del resort; era inoltre innamorata di Jax, il cugino di Ryan, che le stava accanto.

Negli ultimi mesi, Jax aveva cominciato a lavorare con Grant, viaggiando con lui e facendogli a volte da assistente mentre Grant dipingeva i murali a tema marino per cui era famoso in tutto il mondo. Jax era inoltre il titolare della Lagoon Adventures, un'impresa ricreativa che aveva molto successo a Windswept Bay.

I due erano tra gli amici che Jillian si era aspettata di vedere alla festa.

Ryan… no, lui non se lo sarebbe mai aspettato.

Si concentrò sulla giovane coppia, di cui aveva un'opinione altissima, mentre cercava di riprendersi dallo shock provocatogli dalla vista di Ryan dopo così tanti anni. "Sì, ci… conosciamo da tempo. Ryan è il miglior amico di mio fratello Levi." Azzardò un'occhiata. Ryan era bello come un tempo. I suoi scuri occhi color cioccolata la stavano osservando, scatenando un volo di farfalle. Quelle non erano le farfalle di cui lei aveva espresso il desiderio poco prima. *No, mai quando c'era di mezzo lui.* Distolse bruscamente lo sguardo, turbata dal fatto che il cuore le stesse battendo all'impazzata e da quelle disgraziate farfalle che le trasmettevano sensazioni molto simili all'attrazione che aveva provato a diciott'anni nel guardare l'uomo che aveva idolatrato fin da bambina.

"Oh, avrei dovuto rendermene conto." Blair si strinse al braccio di Jax e gli sorrise radiosa. "Jax me lo aveva detto. Che stupida." E rise.

Jax fece un gran sorriso. "Sarà lui a mandare

avanti la mia attività mentre sarà in Australia per aiutare Grant col suo nuovo murale."

Blair sembrava triste. "Mi mancherai in quelle due settimane. Ma sono felice che Ryan sia potuto venire a darti una mano." Tornò a guardare Jillian. "Jax è un po' stressato di questi tempi."

"Ehi, va tutto bene, Blair." Jax baciò la ragazza sulla guancia. "Non devi preoccuparti. Questo lavoro ci aiuterà a costruirci un futuro."

Jillian percepì il loro amore mentre Jax guardava Blair negli occhi. Fu invasa dalla voglia di un amore simile, distolse lo sguardo e incrociò quello di Ryan.

I ricordi la colpirono come una cascata di acqua gelida. *Santi numi!* Strinse a sé il contenitore col cibo… e decise in quel momento che, forse, sarebbe stata una buona idea nascondersi dietro la casa e mangiare fino all'ultima briciola nella speranza di alleviare lo stress.

Blair sospirò. "Lo so. Mi dispiace."

La nota di ansia nella voce di Blair attirò l'attenzione di Jillian. La giovane era una delle sue persone preferite, nonché adorabile e assolutamente innamorata di Jax. Cosa c'era che non andava?

"Hai un aspetto fantastico," disse Ryan, attirando nuovamente la sua attenzione.

Jillian aveva scelto di indossare un prendisole nelle tonalità del fucsia, con sandali argentati, in luogo dei suoi consueti jeans e stivali, nella speranza che quella mise avrebbe distratto la sua famiglia dalle sue condizioni non proprio eccellenti. "Grazie," mormorò. "Di solito ho le ginocchia sporche di terriccio e le guance macchiate."

Ryan sorrise, sebbene lei non avesse fatto una battuta.

"Sei splendida, Jillian," disse Blair. "Quel vestito ti sta d'incanto."

La situazione stava diventando imbarazzante.

"Hai davvero un bell'aspetto e ti sei sistemata per bene," disse Ryan, con una luce provocante negli occhi. Gli era sempre piaciuto civettare e Jillian, in passato, aveva fatto i salti di gioia ogni volta che l'uomo lo aveva fatto con lei e non con una delle sue sorelle.

"Che posso dire? Adoro la terra." L'affermazione

non le uscì provocatoria come aveva sperato, ma piuttosto in tono nervoso. Non aveva altro di cui parlare? Come aveva fatto la giornata a peggiorare, da orribile che già era, in un batter d'occhi?

Aveva sperato che trascorrere del tempo con la sua famiglia l'avrebbe distratta dai suoi guai. E ora… voleva buttare i dolci in macchina e darsi alla fuga. Era talmente infantile da sentirsi in imbarazzo, ma nemmeno questo poteva modificare i suoi sentimenti.

"Ti è sempre piaciuto giocare nella terra." Ecco il solito Ryan.

La stava osservando, sorridendo… bello com'era sempre stato e con quei segreti di Jillian che conservava dietro a quegli occhi simili al carbone.

Le interiora di Jillian tremolarono. Ryan era stato testimone del giorno più umiliante della sua vita e poi se n'era andato. Senza nemmeno salutarla.

Jillian sostenne il suo sguardo e sentì che il proprio si stava indurendo, nonostante lei stesse cercando disperatamente di mostrarsi indifferente. Stava cadendo a pezzi e se ne rendeva conto. "Devo… devo portare questa roba in casa. Ciao." Non incrociò lo sguardo di nessuno e non attese che qualcuno aggiungesse altro; no, si diresse dritta dritta verso l'ingresso laterale della casa di Cali.

Da qualche parte, alle sue spalle, udì suo fratello Jake chiamare ad alta voce Ryan e capì che avrebbe avuto un po' di tempo per ricomporsi mentre i suoi fratelli cingevano d'assedio l'uomo.

Dopotutto, Ryan era stato amico di tutti loro. Era stato come un sesto figlio maschio per i genitori di Jillian. Nonché il miglior amico di Levi. E l'oggetto dell'ammirazione adolescenziale di Jillian.

Poiché Ryan aveva quasi sette anni più di lei, per buona parte della sua vita Jillian era stata come una sorellina per lui. Quella che si univa sempre alla compagnia. Aveva appena cominciato le medie quando Ryan stava finendo le superiori. Ma allora aveva appena iniziato a notare i ragazzi e Ryan era passato dall'essere il suo eroe alla sua prima cotta. Il problema era che la cotta non era mai passata; anzi, non aveva fatto che intensificarsi durante le superiori.

Per di più, Ryan aveva cominciato praticamente a ignorarla da poco prima che lei cominciasse le superiori. Poi era partito per l'università e lei aveva sofferto in silenzio, sentendone enormemente la mancanza. Non aveva capito perché lui avesse smesso di stuzzicarla. Si era detto che ormai Ryan era adulto e ansioso di frequentare l'università. Ma quando lui era tornato a casa e si erano incontrati, Ryan era stato cordiale, ma le era parso sempre pronto ad allontanarsi il più velocemente possibile da lei…

Fino a quella notte in cui il ragazzo con cui Jillian era andata al ballo della scuola aveva bevuto troppo e Ryan li aveva trovati, le aveva staccato di dosso il ragazzo e l'aveva accompagnata a casa. Arrabbiata e alticcia, lei aveva commesso il terribile errore di saltargli addosso. Si pentiva ancor oggi di quel gesto.

CAPITOLO DUE

Il cuore di Ryan batteva all'impazzata mentre lui guardava Jillian svanire dentro la casa. La giovane non si era aspettata di vederlo: Levi non le aveva detto che lui era in città ed era facile capire che non fosse felice di averlo rivisto.

Ma ora non era il momento di pensare al motivo per cui il suo ritorno in città aveva fatto arrossire Jillian fino a farle diventare le guance quasi viola. Quindi, si voltò a salutare Jake, il fratello di lei, e cercò di non pensare a quanto Jillian fosse bella. Ma aveva i brillanti occhi di lei conficcati nella memoria, com'era del resto era sempre stato da quella notte in cui la giovane gli aveva fatto prendere un colpo buttandogli le braccia al collo e baciandolo come se fosse stato un innamorato da tempo perduto.

Allora, Ryan era stato il miglior amico del fratello maggiore di Jillian e lei una delle sue sorelle minori… quella che lo guardava sempre da dietro un angolo quando era una timida studentessa delle elementari e delle medie e lui uno studente delle superiori.

Jillian era stata carina e timida, mentre le sue sorelle erano più estroverse. Ryan aveva sempre provato del tenero per lei, un desiderio di proteggerla. Soprattutto visto che non vedeva mai la sua sorellastra, che viveva dall'altra parte dello Stato con la loro madre e suo marito. Quando lui era tornato a casa dall'accademia di polizia, la settimana del diploma di Jillian, la sua vita era ormai cambiata. Sua sorella era morta e Jillian era cresciuta. Quel miscuglio di emozioni provocate dai due eventi aveva cambiato in maniera completa e rigorosa il corso della sua vita.

"È bello vederti, Ryan." Jake afferrò la mano che lui gli tese e la scrollò vigorosamente, abbracciandolo al tempo stesso con l'altro braccio. "Levi aveva detto che saresti venuto. Siamo stati tutti felici di saperlo. Era ora."

Alle spalle di Jake giunsero gli altri maschi della famiglia Sinclair. Tutti tranne Cameron: Levi aveva detto a Ryan che questi viveva nel suo ranch nel Texas e veniva a trovarli solo di rado.

Trent, Max e Levi gli si affiancarono e fecero a turno a stringergli la mano e abbracciarlo. Crescendo, Ryan aveva praticamente convissuto con loro. Suo padre era sempre stato al lavoro, al quartier generale della polizia; all'epoca era stato lui il capo della polizia.

Entrarono in casa passando dall'enorme porta principale. Jax e Blair dissero che si sarebbero rivisti più tardi e svanirono oltre una porta che portava in una grande stanza.

"Levi aveva detto che saresti venuto, ma noi non gli abbiamo creduto." Max sorrise. "Abbiamo concordato che non ci avremmo creduto prima di vederti."

"È bello rivederti," disse Trent. "E vedere che sei

vivo. Levi ci ha detto che la tua copertura era saltata."

"E che te le hanno date di santa ragione," aggiunse Max.

Ryan aveva appena ricominciato a camminare quasi senza zoppicare, e le sue costole non erano ancora guarite del tutto.

"Non è stata una bella esperienza." Non precisò che c'era quasi rimasto secco. Lo avevano conciato molto male e, se lui non fosse riuscito ad allontanarsi quando si erano distratti, avrebbero finito il lavoro.

Levi incrociò le braccia e si accigliò. "Lo hanno quasi ucciso."

"Ma ora sono qui. E sono vivo."

"Dov'è che sei stato sotto copertura?" chiese Max, curioso.

"Non posso dirlo. È proprio come quando sei nelle forze speciali: devi tenere la bocca chiusa."

L'espressione di Max rese chiaro che aveva capito. "Dunque la tua copertura è saltata; e ora?"

Era la domanda del decennio. "Sono qui per sostituire Jax alla Lagoon Adventures mentre lui va in Australia con Grant per aiutarlo a realizzare il murale che gli è stato commissionato; nel frattempo, mi farò un'idea di cosa voglio fare. Ho un lavoro d'ufficio che mi attende, se lo desidero." E lui non lo desiderava. Sperava che i suoi superiori avrebbero trovato un modo per farlo tornare in prima linea nella lotta al traffico di stupefacenti negli States.

Levi aggrottò la fronte. "Hai un lavoro anche qui, se lo vuoi. E non è un lavoro d'ufficio."

"Ti ringrazio. Sto prendendo in considerazione la tua offerta, ma sono davvero indeciso. Il mio problema è che non credo davvero di aver finito quello che avevo cominciato."

Max, che era nelle forze speciali militari, annuì. "Ti capisco, ma chiunque di noi può dirti che faresti meglio a pensare a quello che sei riuscito a ottenere. Ci sarà sempre del male da sconfiggere."

"Ne riparleremo," disse Levi.

Ryan e Levi avevano frequentato l'accademia di polizia insieme e un tempo era stata loro intenzione lavorare fianco a fianco. Avevano scelto la stessa carriera del padre di Ryan, sapendo di non essere destinati ad arricchirsi. Avrebbero voluto fare la differenza. Ma poi, la sorellina di Ryan era morta di overdose e lui si era concentrato sul risolvere quel problema e si era fatto reclutare per agire sotto copertura. Aveva scavato a fondo per vendicare la morte di sua sorella.

Era stato deciso a impedire che altri ragazzini morissero in maniera priva di senso per colpa delle azioni criminali degli spacciatori. Si era dedicato a fare tutto il possibile per combattere la guerra contro la droga, compreso l'agire sotto copertura profonda.

I suoi pensieri tornarono a Jillian e a quella notte prima della partenza per unirsi alla sua squadra, prima di andare sotto copertura. Prima che i suoi ideali e il confine tra il bene e il male perdessero definizione…

Prima che la timida, dolce Jillian gli buttasse le braccia al collo e lo baciasse con tutto il suo ingenuo e giovane cuore. Per poi mettere a nudo la propria anima dichiarandogli il suo amore con un fervore biascicante alimentato dall'alcol.

Jillian aveva il respiro affannoso e, probabilmente, era

ancora rossa in viso mentre correva nella cucina di Cali. Aveva il viso caldo e si sentiva sudaticcia ovunque. Era troppo giovane per avere delle vampate di calore, ma se era così che ci si sentiva ad averne, lei non voleva averci nulla a che fare. Appoggiò il cibo sul bel piano della grossa isola che separava la cucina dal grosso soggiorno. Lo strato superiore della torta scivolò di lato, ma non gliele importava nulla.

Cali, Olivia e Shar la fissarono allarmate.

"Che c'è?" chiese lei, chiedendosi come avrebbe fatto a comportarsi in maniera normale quando sarebbe entrato Ryan. Doveva controllarsi.

Shar appoggiò un fianco al magnifico piano di lavoro che avrebbe fatto venire l'acquolina in bocca a qualunque chef. "Ti comporti in modo strano." *Diretta come sempre.* Sua sorella si sporse a fissarla negli occhi. "E sei del colore del tuo vestito."

Jillian rise nervosamente.

Cali sembrava preoccupata. "In effetti, sei un po' rossa in viso. Ti senti male?"

"Hai la febbre?" Olivia allungò una mano per toccarle la fronte.

Jillian spinse via la mano di sua sorella e lanciò un'occhiata verso la veranda, dove i suoi genitori stavano guardando il tramonto. "Piantatela," disse. "La mamma penserà che qualcosa non vada."

"E non è così?" chiese Shar.

Jillian avrebbe potuto dire che le stava venendo l'influenza, andare a casa e rinchiudervisi per qualche giorno. Effettivamente, la sensazione che le stesse venendo qualcosa c'era. Aveva lo stomaco sottosopra, le guance rosse... e la nausea provocatala dalla consapevolezza che Ryan era appena entrato nell'altra stanza assieme ai suoi fratelli.

Era fantastico. *Quella mascella snella e quelle sopracciglia scure sopra quei magnetici occhi marroni.*

Senza riuscire a trattenersi, Jillian guardò in direzione del foyer. Le si asciugò la bocca, mentre le sue mani si fecero fradice come uno strofinaccio per piatti. E quando i suoi fratelli e Ryan entrarono nella stanza, il suo cuore prese a battere all'impazzata nel momento in cui gli occhi dell'uomo incrociarono i suoi.

Jillian si voltò di scatto e si tuffò praticamente verso il frigorifero. "Dobbiamo portare fuori dell'altro cibo?" Aprì lo sportello e ficcò la testa nel congelatore. Le palpitazioni le provocarono delle vertigini mentre dava una testata al contenitore del latte.

Era ridicolo, ma non riusciva a trattenersi. "Servono sottaceti?" chiamò, sperando che l'aria fredda le avrebbe rinfrescato le guance ardenti.

Cali infilò la testa nel frigorifero, l'espressione colma di allarme. "Seriamente, Jillian, cosa ti prende?"

Jillian fece una smorfia, ma rimase dov'era. "Sto bene."

"Davvero? Beh, c'è Ryan; dovresti andare a salutarlo. È evidente che sei stanca o non so cosa, per cui non c'è bisogno che tu dia una mano in cucina, se ficcare la testa nel frigorifero è il tuo modo di stare bene."

Jillian non volle arrendersi e afferrò il barattolo dei sottaceti. "Io ho voglia di sottaceti; potrebbero averne anche gli altri." Poi si incamminò a grandi passi verso il tavolo carico di cibo.

Sapeva che Cali la stava seguendo con lo sguardo.

Un'occhiata confermò che tutte e tre le sue sorelle la stavano guardando. Ma fu lo sguardo di Olivia quello che Jillian colse mentre esso si spostava da lei stessa a Ryan. Jillian posò i sottaceti sul tavolo e poi, senza alcuna alternativa se non darsi alla fuga, si voltò verso le sue sorelle. Le sopracciglia di Olivia erano leggermente sollevate in un'espressione interrogativa; era quasi come guardarsi allo specchio, considerato che loro due erano identiche. Certe volte era davvero pesante avere una gemella omozigote.

Ebbe la sensazione di aver appena mangiato del pesce avariato; poi Shar, che aveva evidentemente colto l'espressione di Olivia, sussultò.

Shar sorrise da un orecchio all'altro. "Complimenti, Sherlock," mormorò a beneficio delle sue sorelle. Nei suoi occhi brillava una luce allegra.

Jillian lanciò un'occhiata a Cali mentre le sopracciglia di sua sorella si inarcavano sopra gli occhi dallo sguardo curioso. Cali passò lo sguardo sulla stanza e verso i loro fratelli, che si trovavano di fronte al caminetto nella grande stanza che dava sulla baia. Grant stava venendo presentato e Jillian vide Levi raccontare un aneddoto divertente che fece ridere tutti mentre dava una pacca sulla spalla di Ryan. Forse stava parlando di una vecchia partita di football o di un guaio in cui loro due si erano cacciati da giovani.

"Dunque è così che stanno le cose," mormorò Cali. "E noi che ci chiedevamo come mai tu non mostrassi più interesse in quel bel manzo del nostro impresario edile."

Stava parlando di Abe. Jillian sapeva che le sue sorelle avevano sperato che lei si mostrasse interessata a Abe, che era effettivamente un bel pezzo d'uomo, ma che non le faceva arrossire le guance né battere forte il cuore. Non che lei fosse entusiasta del fatto che Ryan le provocasse quello e altri effetti, o del modo in cui egli la devastava emotivamente e fisicamente.

"Basta, ragazze. Non so perché continuiate a guardare me e Ryan. Fareste meglio a smetterla di essere maleducate e andare a salutarlo. Io l'ho già fatto prima di entrare."

"Cali." Blair le raggiunse dal corridoio, seguita da Jax. Jillian avrebbe voluto abbracciarla. "Casa tua è fantastica. Jax mi ha fatto fare un giro e mi ha mostrato lo studio di Grant al piano di sopra." La carnagione color pesca e panna della giovane era un po' più colorita del solito e Jillian aveva il sospetto che qualche bacio fosse stato scambiato al piano di sopra, dove un terrazzo privato dava sull'oceano.

"Alla faccia dello studio." Jax fece un gran sorriso mentre passava un braccio attorno alle spalle di Blair.

"Grazie." Cali, da brava padrona di casa, si dedicò agli ospiti. "Abbiamo riflettuto molto su quella stanza e sulla luce che sarebbe entrata la mattina, il pomeriggio e la sera."

Durante la conversazione, Jillian si rilassò leggermente. Fino a quando non lanciò un'occhiata alle altre due sue sorelle, che si erano spostate di lato e stavano mormorando freneticamente accanto alla credenza.

Per fortuna anche i loro genitori entrarono nella stanza.

"Ryan," esclamò sua madre quando vide l'uomo che, un tempo, aveva frequentato casa loro con l'assiduità di un sesto figlio maschio. "Santo cielo, è da troppo tempo che non ti vedo."

Violet Sinclair attraversò la stanza, il volto animato e i folti capelli grigio scuro che sventolavano mentre correva da Ryan e lo abbracciava. Jillian vide i volti di entrambi colmarsi di affetto genuino.

Poi le sue sorelle si unirono al gruppo che accolse Ryan.

Jillian rimase dov'era. Poi lo sguardo di Ryan incrociò il suo sopra la spalla di Cali mentre sua sorella lo stringeva in un gigantesco abbraccio.

Lo stomaco di Jillian precipitò. *Sarebbe stato molto imbarazzante.*

CAPITOLO TRE

Ryan aveva sentito la mancanza di quella famiglia. Violet lo aveva sempre accolto in casa propria come se lui fosse stato uno dei suoi figli, e lo stesso valeva per Sam. Era stato bello, perché il padre di Ryan non si era mai risposato dopo aver divorziato quando lui andava ancora alle elementari. Ryan aveva visto sua madre solo poche volte all'anno; per questo aveva amato trascorrere del tempo a casa Sinclair.

Sam gli tese la mano e lui la strinse; poi, l'uomo lo attirò in un rapido abbraccio. "È passato troppo tempo, figliolo."

"È vero. Sono felice di essere tornato a casa per un po'."

"Ottimo." Sam lo osservò. "Ho visto tuo padre, l'altro giorno. Stava andando alle Keys a pescare. Lo raggiungerai?"

"Non lo so. Al momento, sto dando una mano a Jax con la sua attività. Mi godrò il tempo trascorso a casa. Papà non sapeva che sarei venuto e ha già il calendario pieno di appuntamenti." Il padre di Ryan era in pensione e, in certi periodi dell'anno, portava la gente a pescare. Quello era appunto uno di quei periodi. Il che andava anche bene, perché Ryan non aveva alcuna voglia di farsi fare il terzo grado. Un poliziotto restava tale per sempre e Alan Locke non era stato felice quando suo figlio aveva scelto di andare sotto copertura. Anche perché quel genere di missione significava una prolungata lontananza dai propri famigliari, e Ryan era tutta la famiglia di Alan. Ne aveva di cose da farsi perdonare.

Fu lieto quando Cali venne a buttargli le braccia al collo. Incrociò lo sguardo di Jillian da sopra le spalle di Cali e capì subito che l'altra ragazza era arrabbiata e scontenta di vederlo.

Olivia e Shar vennero a loro volta ad abbracciarlo e gli raccontarono per sommi capi che Shar era sposata con Gage e che i due collaboravano con l'Ospedale delle tartarughe. Mentre Olivia avrebbe presto sposato BJ, il fratello di Gage. La conversazione durò a lungo; nei momenti di pausa, Ryan si concentrò su Grant e Cali, e cercò di non continuare a guardare Jillian, che si teneva sul confine del capannello di persone, mantenendo le distanze.

"Vorrei ringraziarti per esserti interessato a Jax. Il ragazzo ha sempre avuto talento, ma non si era mai reso conto di quale fosse il suo vero potenziale."

Grant lanciò un'occhiata a Jax. "È bello aiutarlo a sviluppare le sue capacità. In Texas, quand'ero giovane, qualcuno ha fatto lo stesso con me, ed è stato grazie a lui che ho scelto questa strada piuttosto che un'altra." Diede un bacio sulla tempia a Cali. "Sono grato alla mia arte, perché mi ha portato da Cali."

"D'accordo, d'accordo." Jake grugnì. "Basta con le melensaggini," scherzò. "Mi danno la nausea."

La presa in giro gli valse qualche spintone da parte dei suoi fratelli e una risata da parte di Jake a cui brillavano gli occhi.

Violet guardò i figli. "Dovreste imparare dalle vostre sorelle. Il tempo passa anche per voi. Io sono solo vostra madre, ma credo che sia ora che voi cinque…" Lanciò un'occhiata a Ryan e si corresse: "… che voi *sei* cominciate a pensare a sistemarvi."

"Credo sia un'ottima idea," disse Shar, sovrastando i gemiti dei suoi fratelli e i commenti concordi delle sue sorelle. "Jake, frequenti ancora quella guardia costiera che–"

"Ti interrompo subito," la fermò Jake. "Quella storia è durata sì e no cinque minuti. A lei interessava solo il mio corpo." Ridacchiò e sua madre scosse la testa.

Shar gemette. "Non so se crederti o meno."

"Non credergli," disse Trent, sarcastico. "Se la vedessi, capiresti subito che Jake mente. Era davvero una bella ragazza. Ma dopo essere uscita una volta con mio fratello, è scappata più in fretta del suo elicottero."

"Ehi," scattò Jake. Poi sorrise spavaldo. "Io–"

"Va tutto bene," lo interruppe Shar. "Non serve conoscere i dettagli. Preferiamo le nostre storie dal lieto fine alle vostre schermaglie." Quelle parole suscitarono una risatina collettiva.

Persino Jillian rise.

Shar non aveva mai avuto paura di dire le cose per come stavano. Lei e Jillian erano sempre state come il giorno e la notte. Ryan, dal canto suo, amava la dinamica di quella famiglia. La sua era stata divisa e sconclusionata, ma i Sinclair erano molto uniti. Più di tutti, Ryan era vicino a Jax. In quel momento, si sentiva alla deriva. Disperso in più di un senso, non era sicuro che sarebbe riuscito a ritrovare la strada. Lanciò un'occhiata a Jillian, ma la giovane si era voltata e stava ora tagliando delle fette di torta. Il disappunto si incuneò nel petto di Ryan. Jillian non aveva idea che, negli ultimi anni, c'erano state occasioni in cui i suoi pensieri si erano fissati su di lei, su quell'ultima sera e sulle sue parole dolci… e che tutto ciò era stato l'unica cosa a sostenerlo durante le lunghe notti e i lunghi giorni trascorsi a fingersi un trafficante di droga. Una finzione che lo aveva messo in una posizione dove i confini erano labili e la dolcezza non esisteva.

Jillian aveva lasciato il gruppetto e si era messa a tagliare torte di vario genere. Ma le cose da fare erano limitate e, alla fine, le toccò voltarsi di nuovo verso la stanza e partecipare a qualche conversazione. Per fortuna, nella stanza c'era così tanta gente che le fu facile evitare di rivolgere la parola direttamente a Ryan.

Fu invece difficile non guardarlo. *Che diamine...* Era sempre stato quello il problema, quando c'era Ryan: tutto faceva ciao ciao con la manina, tranne i pensieri che lo riguardavano. *Beh, ora non sarebbe andata così.* Jillian era una donna adulta, non una ragazzina infatuata.

Si acciglò e i loro sguardi si incrociarono di nuovo.

Era ora di prendere una boccata d'aria fresca. Jillian si diresse verso la porta che dava sulla veranda.

"Ehi, va tutto bene?" chiese Olivia nel passarle accanto.

"Sì, tutto a posto. Devo solo fare una telefonata." Jillian prese il cellulare e si incamminò verso la veranda. Una volta uscita, rifletté su chi avrebbe potuto chiamare, perché non voleva mentire a Olivia. E poi, quella era una buona scusa per pensare a qualcosa che non fosse la presenza di Ryan in quella casa. Una volta immersa nell'aria salmastra, Jillian inalò a fondo e sperò che, così facendo, sarebbe riuscita a schiarirsi la mente. Stava vivendo il giorno peggiore della sua vita.

Che fine aveva fatto quell'atteggiamento positivo sul quale aveva deciso di concentrarsi? *Era scomparso.*

Si spostò di lato, fuori vista dalle finestre aperte, e guardò verso la baia. Era davvero un luogo splendido. Vivere lì era una benedizione; non aveva mai pensato di andarsene. Adorava quel luogo. Sarebbe riuscita a tirare avanti… a qualunque costo, sì. Era forte. Poteva aspettare l'amore… poteva farcela. E poteva confidare in Dio e nei Suoi progetti per lei. "Pensa pensieri positivi," borbottò. "Pensa pensier–"

Alle sue spalle, la porta si aprì e lei si irrigidì.

"Jillian."

Lei gemette quando Ryan pronunciò il suo nome. *Pensieri positivi.*

Sospirò. "Ryan." Cercò di usare un tono di voce neutro. "Cosa stai facendo?"

"Sono venuto a vedere come stavi." L'uomo accennò col capo alla casa. "Sembravi agitata, là dentro, e anche prima, quando sono arrivato. La mia presenza ti disturba? Se è così, me ne andrò. Non ha senso che io ti rovini la serata."

Sì, mi disturbi in più modi di quanto io voglia ammettere. Va' via, per favore.

Jillian lottò contro emozioni contrastanti mentre lo sguardo scuro di Ryan teneva prigioniero il suo. Avrebbe voluto fuggire, ma anche buttarsi ai piedi dell'uomo. *L'hai già fatto, cara... Adesso basta.*

"Non c'è bisogno che tu te ne vada." I raggi dorati del sole che andava svanendo immergevano la scena in un bagliore. Jillian cercò di non pensare a spiagge romantiche, a passeggiate al chiaro di luna... ma era difficile non pensarci, con Ryan lì.

Lui l'aveva vista nel suo momento peggiore e,

probabilmente, era proprio a quel momento che stava ripensando mentre la guardava.

"Sei arrabbiata con me?" La voce dell'uomo era morbida e delicata… come una carezza.

La fece arrabbiare. "Sappiamo entrambi che, l'ultima volta che ci siamo visti, hai messo bene in chiaro che non sapresti cosa fartene di me." Jillian gli voltò le spalle; non riusciva a guardarlo negli occhi.

"Sai che non volevo farti soffrire."

Il suo tono mellifluo fu come seta sulla pelle calda. "Eppure lo hai fatto. Ma io ti ringrazio per questo." Mortificata, Jillian serrò le palpebre. "La situazione rischia di farsi molto imbarazzante. Io ero giovane e ti adoravo. Mi sono umiliata saltandoti addosso. Non posso biasimare che me stessa, lo so." Gli aveva buttato le braccia al collo, cogliendolo alla sprovvista quando lo aveva baciato… e poi gli aveva detto di amarlo. E lui l'aveva trattata come una bambina.

In realtà, Jillian non aveva offerto solo il proprio cuore a Ryan: gli aveva offerto tutta se stessa. Aveva diciott'anni: non così pochi, in fin dei conti. Ma etichettare la se stessa dell'epoca come giovane le era un po' d'aiuto.

"Non eri in te," disse Ryan.

Jillian avvertì una nuova vampata di calore. "Ero ubriaca." Il che era umiliante di per sé. Jillian non aveva mai bevuto prima di allora e, da quel momento in poi, non aveva più toccato alcolici.

"Sì, è vero. Sono felice di essere stato io quello con cui ci hai provato: ho potuto impedirti di commettere un errore."

Credeva di averla salvata. "Già," borbottò lei. La rabbia la invase. "Te ne sei andato e basta." Afferrò la ringhiera e lottò contro l'emozione che le colmava la voce.

Ryan le si avvicinò; Jillian cercò di non appoggiarsi a lui. Le farfalle presero il volo nel suo petto.

"Mi sono comportato come era meglio per te. Tutto quello che ho fatto quella sera è stato per te. Non credevo nemmeno che ti saresti ricordata le tue azioni."

Eccome se lei ricordava. "Avevo diciott'anni. Non ero una bambina. Ero grande abbastanza per sapere cosa fosse buono per me e cosa non lo fosse." *Cosa stava dicendo?* "E poi, tu te ne sei andato il giorno dopo senza nemmeno salutare. Io ti avevo messo a nudo la mia anima e tu non mi hai nemmeno detto addio."

Ryan aggrottò le sopracciglia e i suoi occhi scuri scavarono dentro di lei. "Jillian, avevo perso mia sorella solo da un mese. Lei aveva la tua età. Quando guardavo te e le tue sorelle, era Jen che vedevo. Dovevo trovare un modo per evitare che altri ragazzini e altri giovani morissero per le droghe che quella feccia stava importando nel nostro Paese. La tua proposta mi ha lusingato, ma io non riuscivo a pensare ad altro che a impedire che altre famiglie subissero perdite e sofferenze come quelle che aveva subito la mia. Mi dispiace di averti fatto del male."

Jillian si disse che doveva restare arrabbiata. Si disse di lasciar perdere. Era chiaro che Ryan aveva sempre pensato a lei solo come alla sorellina rompiscatole del suo migliore amico. Per lui, Jillian non era stata che una ragazzina ubriaca.

All'improvviso, Ryan si sporse a baciarla sulla guancia; poi, prima che lei potesse batter ciglio, fece un passo indietro e la trafisse con un'occhiata che la sconvolse nel profondo.

"Arrivederci, Jillian. Ti auguro ogni bene. Se qualcuno dovesse chiedere, digli che sono dovuto tornare a casa." Poi l'uomo scese dalla veranda e svanì nella sera molto buia, lungo il sentiero che girava attorno alla casa. Jillian rimase dov'era mentre il suo cuore batteva all'impazzata e i suoi battiti le risuonavano nelle orecchie.

Il tutto mentre quelle farfalle non gradite la devastavano dentro.

La sua vita era già abbastanza compromessa. Il fatto che Ryan fosse tornato in città e che la sua presenza le ricordasse la sera più umiliante della sua vita non era ciò di cui aveva bisogno. Il fatto che lui l'avesse creduta troppo giovane e ubriaca per sapere cosa stesse facendo quella sera le dava un minimo di sollievo. Ma era anche parte del problema: Jillian non era stata troppo giovane. Né ubriaca quanto lui aveva creduto fosse...

Ryan non vedeva l'ora di allontanarsi da Jillian. Mentre attraversava lo splendido giardino della sorella di lei – al quale, probabilmente, le abili mani di Jillian avevano contribuito – cercò di concentrarsi. Non su quanto bella e buona fosse Jillian, ma sulla sua carriera. Aveva intenzione di tornare ad agire sotto copertura, sempre che glielo permettessero. Stava semplicemente facendo una vacanza obbligata fino a quando non sarebbe stato nuovamente sottoposto a valutazione.

Jillian rappresentava tutto ciò di puro e integro che lui stava cercando di proteggere. Ogni singolo indizio che era riuscito a fornire alla sua squadra narcotici, ogni vita che era riuscito a salvare evitando che una partita di droga arrivasse in strada, valeva la vita che si era scelto. Jillian rappresentava i ragazzini innocenti che lui stava cercando di salvare, mentre sua sorella rappresentava quelli perduti. *E Marla...* Il suo cuore si indurì al pensiero di Marla. Lei rappresentava ciò che poteva accadere quando nessuno faceva qualcosa.

Marla aveva sfumato i confini per lui. Il cuore di Ryan ne sentiva dolorosamente la mancanza, nonostante il tradimento subito. *Cos'altro si era aspettato?*

Raggiunse il pick-up e vi salì a bordo. Afferrò il volante. Doveva separarsi da Jillian e restare lontano. Lei era troppo buona per l'uomo che era lui diventato.

Vergogna e lordura morale gli erano rimaste appiccicate dal tempo trascorso sotto copertura. Era tornato a casa nella speranza di ritrovare la lucidità in modo da ottenere il permesso di tornare a lavorare. Non voleva starsene seduto a una scrivania. Voleva combattere in prima linea.

Ma mentre se ne stava in macchina a cercare di sostenere il peso che aveva sulle spalle, si chiese come mai Jillian non fosse sposata. *Perché non aveva un marito innamorato e un paio di splendidi bambini simili a lei che le correvano attorno?*

CAPITOLO QUATTRO

La prima mattina trascorsa a collaborare con Jax alla Lagoon Adventures trascorse velocemente. Ryan aveva aiutato una persona dopo l'altra a prendere un kayak e partire all'avventura nella laguna. Non aveva avuto quasi nessun momento di pausa quando arrivò l'ora di pranzo. Allora ci fu un po' di quiete, mentre le persone acquistavano il pranzo e andavano a mangiarlo da qualche parte nella laguna, o prima pranzavano e poi arrivavano per un'escursione pomeridiana. Ryan stava archiviando alcuni moduli di consenso quando Levi fece capolino da dietro l'angolo.

"Ehi, hai tempo per mangiare qualcosa?" Levi mostrò un sacchetto che fece brontolare all'istante lo stomaco di Ryan.

"È quello che penso?"

"Eh sì. Ho pensato che, se avessi avuto tempo di mangiare, avresti gradito i taco di Juan."

"Ci sono." Ryan sorrise e si diresse subito verso il tavolo da picnic che si trovava sulla veranda che dava sulla laguna. Il chiosco dei taco di Juan era a Windswept Bay da che Ryan aveva memoria. Era sempre stato il loro posto preferito per mangiare quando andavano a scuola. "Lieto che tu ti sia fatto vivo. E ancora più lieto che tu abbia portato i taco."

Lui e Levi si erano messi d'accordo per pranzare insieme, se possibile; ma dato che Levi era il capo della polizia locale, non c'era mai la certezza che si sarebbe presentato puntuale a un appuntamento.

"È una giornata piuttosto tranquilla oggi, per cui sono riuscito a organizzarmi."

"Qui non è stata tranquilla per niente. Sto morendo di fame ed ero giunto alla conclusione che non sarei riuscito a mangiare nulla se tu non fossi passato, perché in questo momento non posso allontanarmi. Mi ero dimenticato quanto lavorasse la gente di questo posto."

"Già. È così che Jax rimane in forma." Levi si diede una pacca sull'addome e si sedette di fronte a lui. "A me tocca andare in palestra, ma il ragazzo si allena lavorando qui."

"Non dirlo a me. Probabilmente, domani avrò le ginocchia a pezzi da tanto mi sto alzando e sedendo. D'altro canto, le mie costole non si stanno lamentando, dunque per quanto mi riguarda sono guarite."

"Ottimo. Così potrai gareggiare con me nel percorso a ostacoli del Giorno del Ringraziamento."

Ryan rise. "La tua famiglia lo organizza ancora?"

"Certo. Sfamiamo chiunque si presenti, poi mandiamo i bambini a giocare e gareggiamo."

"Ci sono. Ma non garantisco per la mia performance."

"Ti farà bene. Tuo cugino è un bravo ragazzo."

"Credo proprio di sì. E sembra proprio che si sia trovato una brava ragazza. Blair è davvero dolce."

"Stando a quanto dice Jillian, è una persona

fantastica. Lavora con lei da un anno al giardinaggio del resort e mia sorella le vuole molto bene."

Ryan lanciò un'occhiata ombrosa a Levi. "A Jillian piacciono tutti." *O quasi.* Lui non le piaceva più molto, ormai.

Levi ridacchiò. "Vero. Ce ne vuole per farla arrabbiare."

Ryan diede un morso a un taco. "Già," grugnì. "Verissimo. Com'è che sei ancora single?" chiese poi, cercando di cambiare argomento. Avrebbe preferito chiedere come mai lo fosse Jillian, ma si era trattenuto e aveva chiesto invece di Levi.

Il suo amico inarcò un sopracciglio. "Potrei chiederti lo stesso, ma credo di saperlo già. Il tuo stile di vita ti rende difficile avere delle relazioni. Lavorare sotto copertura è dura per un uomo che ha famiglia."

"Ci hai azzeccato." Ryan nascose le proprie emozioni dietro una faccia da poker. Era un maestro quando si trattava di dissimulare i propri pensieri. Doveva esserlo: fino a non molto tempo prima, la sua vita era dipesa da quella capacità.

"So che sei andato sotto copertura perché avevi

bisogno di fare qualcosa di più per contrastare le droghe che hanno ucciso tua sorella. Ti capisco. Ma non credi di aver già fatto abbastanza? Non è normale trascorrere quattro anni vivendo di fatto la vita di un altro. Com'è che la tua copertura non è saltata molto tempo prima? L'istinto mi dice che devi aver fatto cadere parecchie teste negli ultimi quattro anni."

Era vero. Aveva dovuto fingersi amico di farabutti, denunciare imbrogli e tenersi nascosto durante le retate per mantenere la copertura. Pensò a Marla e si sfregò la tempia. Aveva cercato di aiutarla... di salvarla... e, alla fine, anche lei aveva perso la vita.

"Hai un brutto aspetto," disse Levi. "Sembri più vecchio di quello che sei. Non credi sia tempo di farti una vita tua? O è questa la ragione per cui sei in licenza?"

Ryan appallottolò la stagnola dei taco che aveva divorato e la ficcò nel sacchetto di carta vuoto. "Non vogliono rimandarmi in missione. E io non so esattamente cosa voglio." Ryan gli rivolse un'occhiata scettica. "Non hai risposto alla mia domanda. Perché non sei sposato? Vivi in paradiso, circondato dalle donne. E sei il capo della polizia, santo cielo. Non dirmi che non sei richiesto."

"Ehi, il mio lavoro potrà anche non essere sotto copertura, ma è molto impegnativo. Non ho tempo per delle relazioni durature."

"Non sei l'unico poliziotto della zona, no?"

Levi assunse un'aria molto seria. "È vero. Ma il fatto è che, per la maggior parte degli agenti, questo è un posto di lavoro quasi noioso. Non siamo esattamente una metropoli e, di solito, le nuove reclute cercano qualcosa di più eccitante di una cittadina turistica dove il problema più grosso è tenere a bada i villeggianti. Non ci sono esattamente grandi opportunità di carriera. Di conseguenza, ho qualche agente davvero capace e una quantità di agenti che non aspettano che la pensione; è per questo che sono così occupato. Quando anche mi capita un poliziotto di talento, si tratta sempre di qualcuno parcheggiato qui in attesa di un'occasione migliore."

"E quando la trovano, ti lasciano a piedi."

"Esatto. Vogliono qualcosa di elettrizzante. E il

fatto più elettrizzante accaduto negli ultimi mesi è che sono arrivati dei paparazzi due volte. La prima a causa di Grant, la seconda per via di Olivia. Non amo tutte quelle scemenze, ma la verità è che nessuna città è senza problemi e ci vuole diligenza per mantenere l'ordine. Tu saresti molto prezioso qui, a proposito."

Ryan non amava pensare che quel luogo splendido potesse avere dei problemi. "Dunque non arriva molta droga dalla costa?"

"Siamo più fortunati di tutti gli altri."

"Sappiamo entrambi che, in parte, il merito è tuo."

"Sappiamo entrambi che ho bisogno di aiuto. Aiuto di qualità. Una persona che abbia l'intelligenza necessaria a prevenire i guai prima che si verifichino. Hai un lavoro, se lo vuoi. Ti sto reclutando, nel caso non fosse chiaro."

Ryan osservò la laguna e meditò sulle possibilità che aveva a disposizione. Era come se tutta la sua vita fosse sospesa a mezz'aria. "Lo terrò a mente. Grazie per l'offerta."

"Credo che ci guadagneremmo tutti. Tu e la gente di Windswept Bay."

Una coppia girò l'angolo.

"Potremmo avere un kayak?" L'uomo, anziano, tirò la donna per una mano.

"È sicuro?" chiese lei.

"Certo, potete averne uno doppio o due singoli. E sì, è sicuro. Avrete anche un giubbotto di salvataggio." Ryan si alzò. "Sembra che la mia pausa sia finita. Devo tornare al lavoro."

Levi sorrise. "Forse sarà meglio che lo faccia anch'io. Ne riparleremo."

Ryan sollevò il pollice e guardò il suo amico allontanarsi prima di voltarsi verso la coppia. La donna, sulla sessantina, aveva bisogno di essere rassicurata. Lui le sorrise e andò ad assisterla.

Ma i suoi pensieri corsero a Jillian. *Si sarebbe sbloccata nei suoi confronti se lui fosse rimasto?* Si disse che doveva levarsela dalla testa. Era meglio che la giovane restasse arrabbiata con lui e mantenesse le distanze. Gli aveva detto che le aveva fatto del male… e questo gli provocava sofferenza. Ma lui aveva fatto la cosa giusta.

Avrebbe dovuto mantenere le distanze? Era in

grado di farlo?

Aveva scoperto che era difficile non pensare a Jillian e non sapeva esattamente come comportarsi al riguardo.

Quattro giorni dopo aver scoperto che i suoi sogni di diventare madre erano in pericolo – e dopo aver visto Ryan per la prima volta da quando aveva diciott'anni – Jillian era indaffarata sul lavoro. Il lavoro era la sua salvezza.

Stava lavorando nelle aiuole dei fiori quando Abe le aveva chiesto di venire a dare un'occhiata ai restauri. Ora lei era accanto all'uomo e, insieme, stavano osservando uno dei bagni ristrutturati. Tutte le stanze ne avrebbero avuto uno come quello. E gli operai di Abe stavano lavorando alacremente per ridurre le dimensioni delle camere e allargare e rendere più lussuosi i bagni. Per fortuna, all'epoca della costruzione del resort, le camere erano state realizzate più grandi della media, per cui la perdita di metratura non era un problema. E i clienti avrebbero adorato i bagni rimodernati.

"State facendo un ottimo lavoro, Abe. È meglio di quanto sperassimo."

"Ne sono felice. I miei uomini hanno lavorato davvero molto bene."

Jillian non mancò di notare che Abe non era solo bello e gentile, ma anche modesto: attribuiva sempre ai suoi operai tutto il merito che spettava loro. Questo le piaceva. Incrociò lo sguardo dell'uomo. *Per favore, fammi sentire qualcosa. Qualche farfalla.* Ma no, nulla se non la consapevolezza che quello era un brav'uomo, che lei apprezzava e rispettava.

Nessuna farfalla, niente battito accelerato, niente ginocchia deboli; nulla. Tutto ciò sarebbe stato sufficiente a farla andare a comprare un gallone del suo gelato preferito – praline e panna – e mangiarlo tutto in una volta. E, purtroppo, il negozio era proprio sulla strada di casa sua. Sarebbe stato difficile resistere.

Spostò lo sguardo sulle labbra di Gabe e si immaginò a baciarlo... No, nessun brivido. *Nulla rispetto a ciò che era accaduto non appena Ryan si era avvicinato–*

Abe si schiarì la voce. "Jillian, va tutto bene?"

Lo sguardo di Jillian corse a quello dell'uomo, che inarcò un sopracciglio.

"Come?" Jillian trasalì ed ebbe un sussulto interiore, ben sapendo che Abe l'aveva colta sul fatto mentre gli fissava le labbra.

"Ho qualcosa sulla bocca?"

"No, ecco… Scusa, mi ero persa. Non mi ero resa conto che ti stavo fissando. Dunque…" Jillian si schiarì la voce. "Cosa volevi mostrarmi?"

Abe non sembrava convinto, ma si spostò verso un muro. "Se tu e le tue sorelle siete d'accordo, potrei mettere una piccola libreria qui, nello spazio avanzato dopo che abbiamo realizzato la caffetteria dietro l'angolo. Renderebbe la stanza un po' più avventurosa. Oppure possiamo murare tutto, se preferisci. Volevo solo presentarti l'idea."

"È ottima." *Doveva andarsene.*

Abe incrociò le braccia. "D'accordo. Se credi che l'idea piacerà a tutte e tre, vi farò un preventivo. Non costerà molto."

"Credo che le mie sorelle saranno entusiaste." Nel

parlare, Jillian si spostò un poco alla volta verso la porta.

"D'accordo. Questa sera farò due conti. Sei sicura che vada tutto bene?"

"Certo. Perfetto. Voglio dire, sto benissimo." *Lui* era perfetto. Se fosse stato attratto da lei, Jillian avrebbe anche potuto accontentarsi di un uomo del genere... giusto? Se significava realizzare i suoi sogni di maternità... *vero?* Ryan riempì i suoi pensieri come un antipatico pseudococco in un'aiuola fiorita. "Grazie. Devo andare." Jillian salutò, girò sui tacchi e si diede alla fuga.

Un'ora dopo entrò con l'auto nel parcheggio del negozio di alimentari e frenò stridendo. Entrò subito nel negozio e corse praticamente verso la corsia dei gelati. Avrebbe comprato non uno, ma tre galloni di gelida dolcezza, da tanto era stressata.

Abe era l'uomo perfetto e lei avrebbe dovuto fare tutto il possibile per attirare il suo sguardo e la sua attenzione, in modo da avere la possibilità di avere un figlio. Ma no, i suoi pensieri continuavano a correre a Ryan. Le ci erano voluti mesi non solo per riprendersi dall'umiliazione che aveva subito quella sera dichiarandogli il suo amore, ma anche per assicurarsi che non lo amava davvero. Assolutamente.

Ma sebbene si fosse convinta di ciò, nessun altro uomo era riuscito a scalzare Ryan dal piedistallo su cui lei lo aveva messo. E ora, lui era tornato.

"Gelato con le praline, arrivo," mormorò mentre spingeva il carrello in mezzo ai freezer. Arrivata a destinazione, aprì con uno strattone lo sportello, afferrò il primo gallone e lo mise nel carrello. Stava per prendere il secondo quando, per uno strano caso del destino, arrivò Ryan. *La giornata poteva diventare peggiore?*

L'uomo si appoggiò al banco frigo, incrociò le braccia sull'ampio petto coperto dalla maglietta e sogghignò. "Dunque il gelato alla panna con le praline è ancora il tuo punto debole." Piccole rughe apparvero agli angoli dei suoi occhi.

"Sto comprando del gelato. C'è qualche problema?" Jillian lo fulminò con lo sguardo, sentendosi una bisbetica.

Ryan sollevò le mani e si acciglìò. "Certo che no.

Ti stavo solo prendendo in giro. Ho sbagliato." Allungò una mano verso un contenitore di gelato e lasciò che lo sportello si chiudesse mentre lo metteva nel carrello di Jillian; poi si allontanò.

Lei rimase dov'era, sentendosi malissimo, e guardò Ryan che spingeva con noncuranza il carrello verso l'estremità della corsia. Quella non era lei. Non era quella persona cattiva e burbera. L'altra sera, lui si era scusato per averle fatto male. Non che ciò potesse cancellare la sofferenza di Jillian, certo; ma Ryan non aveva colpa del fatto che si fosse fatta venire una cotta e gli fosse saltata addosso.

Avanzò, spingendo il carrello il più velocemente possibile. "Ryan," chiamò.

L'uomo si fermò e si voltò nella sua direzione. "Cosa c'è, Jillian?" chiese. Anche lui suonava frustrato.

Cos'era che aveva avuto in mente di dire? L'uomo inclinò leggermente la testa quando Jillian non disse nulla, ma tacque. Chiaramente, la palla era passata a lei. "Di solito non mi comporto in questa maniera."

"So che una volta non lo facevi. Mi dispiace se ho contribuito a cambiarti."

Jillian sospirò, e la rabbia e il dolore che aveva accumulato dentro di sé crollarono come un castello di carte. "Tu non c'entri. Davvero. È solo che ho tante cose a cui pensare…"

"Ascolta." Ryan allungò una mano verso la piccola rastrelliera in fondo alla corsia e prese un sacchetto di cucchiai di plastica. "Ho una vaschetta di gelato e un sacchetto di cucchiai. Che ne diresti di andare da qualche parte a dividere il gelato con me, e magari parlare? Ricominciare da capo?" Presentò i cucchiai come se fossero stati un ramoscello d'olivo, un'offerta di pace. Un modo per andare oltre la rabbia.

Le interiora di Jillian tremarono. "Sì. Mi piacerebbe."

Ryan le sorrise e la giornata parve illuminarsi. "È la cosa migliore che ho sentito da quando sono tornato in città." Guardò il carrello di Jillian "Credi che ci serviranno due galloni oltre a quello che ho io?"

Lei sorrise. "Magari rimetto a posto il mio."

"Mi sembra una buona idea. Io aspetterò qui."

Mentre percorreva la corsia, Jillian si sentì addosso lo sguardo di Ryan e avvertì un brusio di pregustazione attraversare il suo corpo, sebbene la voce nella sua testa avesse iniziato a cantilenare: "Sta' calma e procedi con cautela."

Pochi minuti dopo essersi imbattuto in Jillian che comprava il gelato, Ryan le fece strada verso un tavolo da picnic in un piccolo parco che dava sulla spiaggia scintillante. Il parco era un luogo di ritrovo popolare, ma lui trovò un tavolo un po' riparato e vi posò la vaschetta di gelato. Delle famiglie stavano giocando sulla spiaggia, ma l'ampia striscia di sabbia separava Ryan e Jillian dal caos, dando loro una parvenza di privacy. Da parte sua, Ryan era felice per quello sviluppo inaspettato. Era andato al negozio nella speranza di comprare qualcosa che alleviasse la sua mestizia, senza certo aspettarsi di incontrare Jillian.

Il cielo tardo-pomeridiano, tinto di bronzo dal sole, mandava raggi dorati a riflettersi sulle acque azzurre, creando un'atmosfera splendida. Ma nulla, per lui, era più bello di Jillian.

Si sedettero dallo stesso lato del tavolo da picnic, in modo da guardare l'acqua, anche se Jillian lasciò parecchio spazio libero tra di loro. Dal canto suo, Ryan era semplicemente felice per la sua presenza.

"Ho la sensazione che sarà un'esperienza fantastica." Ryan tolse il coperchio dalla vaschetta, infilò una mano nel sacchetto e ne estrasse un cucchiaio, che offrì a Jillian.

"Grazie." La giovane guardò l'acqua. "È proprio bello qui." Gli sorrise, quasi mozzandogli il fiato.

Crescendo, Jillian era diventata una donna bellissima, con morbidi capelli biondo miele e lineamenti delicati. Ma era sempre stata una ragazza carina, con un'aria dolce e cordiale. "Sono d'accordo." Ryan non riusciva a non fissarla. "Mi ricordo ancora il giorno in cui abbiamo scoperto che ci piaceva lo stesso gelato. Era l'estate prima del tuo ultimo anno delle superiori ed eravamo tutti alla festa del Quattro Luglio organizzata dai tuoi genitori. Gli altri ti stavano prendendo in giro perché, a differenza delle ragazze 'normali', non adoravi il cioccolato."

"Me lo ricordo. E tu dicesti che questo gusto era anche il tuo preferito." Jillian sorrise di nuovo. "Mi ricordo di essere rimasta sorpresa dal fatto che a un uomo piacesse il gelato con le noci pecan candite e il caramello."

Ryan rise. "Immagino che non sia esattamente un gusto mascolino."

"Forse no, ma è il migliore."

Ryan infilò il cucchiaio su un lato della vaschetta e diede un morso al gelato, che nel frattempo si era ammorbidito. Jillian fece lo stesso dalla parte opposta. La sua bocca si colmò dei sapori della vaniglia, del caramello e delle noci pecan ricoperte di zucchero caramellato. "Confermo."

"Proprio così. Ed è imbattibile quando è morbido e cremoso." Jillian ne prese un'altra cucchiaiata e sorrise mentre la mangiava.

Mangiarono immersi in un silenzio amichevole per qualche altro istante. Alla fine, Ryan si fermò. "Jillian, ti devo una spiegazione."

"No, non è vero. Voglio dire, non potevi sapere che la sorellina del tuo migliore amico credeva di essere innamorata di te. Non avevi fatto nulla per incoraggiarmi. Sei sempre stato semplicemente te stesso, cioè un bravo ragazzo. Quella sera è stato un macello, ecco tutto." Jillian immerse il cucchiaio nel gelato e mescolò il dolce che andava sciogliendosi rapidamente. "Ero giovane e ingenua. Ti sarò grata per sempre per aver rifiutato la mia… offerta. Sono mortificata per averti fatto una profferta del genere. Eri sconcertato; ti ero praticamente saltata addosso."

Ora Jillian aveva le guance rosse e Ryan non poté far altro che immaginare quanto dovesse sentirsi in imbarazzo a rivivere il momento in cui non solo lo aveva tempestato di baci, ma aveva detto di amarlo e si era offerta di andare a letto con lui. Gli era preso un colpo.

Dopotutto, quella era Jillian.

La cara, timida Jillian. Completamente fuori controllo.

L'unica persona da cui lui non si era mai aspettato una proposta indecente. E gliel'aveva fatta.

"Non eri in te, quella sera. Lo sappiamo entrambi."

La giovane annuì e diede un rapido morso al gelato.

"Io ti volevo bene, Jillian."

Lei mise giù il cucchiaio e si irrigidì. "Ne sono sicura. Ero la sorella più piccola, una di quattro. Hai reagito esattamente come–"

Lui le appoggiò una mano sul braccio. Il contatto accelerò all'impazzata i battiti del suo cuore. "Ti volevo *davvero* bene, Jillian."

"Sì, lo so. Ma non avrei dovuto desiderare che tu provassi qualcosa di più. Che ne sapevo? Ero troppo giovane."

"Jillian, io ti volevo bene," ripeté con fermezza Ryan, cercando di farle capire il concetto. "Ma mi erano successe tante cose. Stavo per partire. Stavo per andare… sotto copertura. Non avevo nulla da offrirti e tu meritavi molto di più."

Lei lo fissò, lo sguardo colmo di confusione. O incredulità, forse.

"Avevo bisogno che tu sapessi che mi importava di te. Sei una donna molto speciale; l'ho sempre pensato. Ma allora stavano succedendo troppe cose nella mia vita e tu eri giovane. Ero già avviato lungo la strada di quella che sarebbe diventata la mia nuova vita e se ti avessi detto che ti volevo bene, ti avrei fatto un'ingiustizia."

La giovane pareva sconcertata. "Mi volevi bene?" ripeté in tono prudente. "In senso romantico e non, che ne so, come la sorellina appiccicosa del tuo migliore amico?"

Ryan sorrise, senza sapere esattamente che piega stesse prendendo quella conversazione o cosa stesse pensando Jillian. "Sì. Ma non sarebbe accaduto nulla di buono se te lo avessi detto. Speravo che tu avessi voltato pagina, trovato l'amore e vissuto una vita meravigliosa."

Le sopracciglia di Jillian si aggrottarono sopra due occhi dallo sguardo perplesso. "Ma io *ho* voltato pagina. È passato molto tempo."

"Allora perché eri così arrabbiata con me?" *Perché insisteva? Avrebbe dovuto lasciar perdere.*

"Perché mi sentivo imbarazzata per il fatto che tu non mi avessi detto che saresti partito. Te ne sei andato e basta. Levi ci ha detto solo più tardi che eri sotto profonda copertura. Sapevamo che c'entrava qualcosa l'overdose di tua sorella. Forse ho solo pensato che avresti potuto dirmi che saresti partito, quella sera."

Il cuore di Ryan gli batteva con forza nel petto, pesante come un macigno. "Eri preoccupata per me?" All'epoca, si era detto che quella di Jillian non era stata altro che una cotta da scolaretta.

"Eri praticamente un membro della famiglia. Certo che eravamo preoccupati per te. E io ero anche arrabbiata con me stessa, imbarazzata e mortificata. Ma poi, tu non sei più tornato."

Jillian lo osservò e Ryan si sentì colmare da un senso di disagio. Era meglio evitare che Jillian venisse esposta al mondo col quale lui aveva avuto a che fare negli ultimi anni. "Non c'era bisogno che vi preoccupaste. Stavo facendo quello che dovevo fare e non era… qualcosa che avrei potuto condividere. O in cui avrei voluto coinvolgere qualcun altro." Fece una pausa. Avrebbe tanto voluto dirle che gli importava di lei. Fino a quel momento, non aveva del tutto compreso quanto. "Era meglio evitare che tu avessi a che fare con una persona come me. Ho pensato che ti saresti svegliata, ti saresti resa conto di aver avuto una brutta serata, e avresti voltato pagina. Sono davvero sorpreso che tu non ti sia sposata e non abbia avuto dei figli."

Jillian ebbe un attimo di esitazione e la luce si attenuò nei suoi splendidi occhi. "E invece è proprio così." Esitò di nuovo mentre guardava i ragazzini che giocavano sulla sabbia.

"Non riesco a crederci. Gli uomini di qui sono per caso pazzi?" Qualcosa non andava. *Jillian stava per caso cercando di trattenere le lacrime?*

"Mi capita di frequentarne qualcuno." La giovane si alzò. "Mi sa che faremo meglio a buttare via questa roba prima di fare un macello." Allungò una mano verso la vaschetta di gelato sciolto e Ryan fece lo stesso. Le loro mani si urtarono, facendo cadere il tutto per terra.

"Scusa," disse lui, chinandosi subito; Jillian fece lo stesso e le loro teste cozzarono. "Scusa ancora."

"Va tutto bene. Abbiamo entrambi la testa dura." Jillian rise e si massaggiò la fronte mentre Ryan raccoglieva il recipiente prima che il contenuto si riversasse completamente sulla sabbia.

I loro sguardi si incrociarono e, in quel momento, Ryan avvertì un forte desiderio di baciarla. Invece si alzò e andò alla pattumiera, voltando le spalle a Jillian mentre buttava la vaschetta.

"Hai trovato qualcuna mentre eri via?"

La domanda colse Ryan alla sprovvista. Si irrigidì e pensò a Marla. "No," disse. "Il mio lavoro non si conciliava con le relazioni." Si voltò verso di lei.

Jillian annuì e l'aria parve caricarsi di elettricità mentre loro due si osservavano. *Ryan voleva...* Si riscosse e soppresse quel pensiero. "Volevo solo fare chiarezza tra di noi. Assicurarmi che tu sapessi di non avere nulla di cui vergognarti. Non mi piace pensare che tu sia arrabbiata con me."

"È tutto a posto. Il gelato con le praline e la crema guarisce tutte le ferite." La giovane rise piano, una risata che affondò negli angoli bui del cuore di Ryan. "Te ne andrai di nuovo? Quando tornerà Jax, intendo."

"Non lo so. A essere onesti, la mia copertura è saltata. Non so dove andrò o cosa farò dopo. Allora, frequenti qualcuno?"

"Ecco… sì," disse lei, dopo una breve esitazione. "Abe, l'impresario edile che sta lavorando al resort. Siamo usciti qualche volta."

Il buonumore di Ryan scemò. "Bene."

"Sì. Bene."

Si incamminarono in silenzio verso il parcheggio. Una volta arrivati all'auto, Ryan aprì la portiera a Jillian e lei si voltò verso di lui. Erano vicini; si guardarono negli occhi. Ryan non riuscì a trattenersi: si chinò e la baciò sulla guancia. Poi fece un passo indietro. "Prenditi cura di te, Jillian. Ci vediamo."

Lei annuì. "Sai dove trovarmi." Salì in macchina e chiuse la portiera. Incrociò il suo sguardo attraverso il finestrino, poi se ne andò.

Ryan inghiottì un groppo alla gola mentre la guardava svanire in fondo alla strada.

Sapeva che Jillian meritava qualcosa di più, un uomo migliore di quello che lui era diventato. Ma dovette impiegare tutta la propria forza di volontà per non seguirla.

CAPITOLO CINQUE

Jillian non aveva dormito.

Non aveva nemmeno chiuso occhio… e ne stava subendo le conseguenze mentre entrava in ufficio, il mattino dopo. Cali, Olivia e Shar erano immerse in una fitta conversazione attorno alla macchinetta del caffè e assunsero immediatamente un'aria colpevole quando la videro. Avrebbero dovuto tenere una riunione per discutere dei festeggiamenti per l'imminente Giorno del Ringraziamento, ma in tutta sincerità, lei non se la sentiva di festeggiare, non importava quanto si impegnasse.

Si unì al gruppetto, afferrò una tazza e la riempì di caffè… per la quarta volta nel giro di una mattinata. Sì, aveva già bevuto tre tazze a casa sua, dopo aver passato la notte a rigirarsi nel letto mentre la sua mente combatteva una guerra per capire cosa fare della sua vita. Alla fine, dopo averci rinunciato, si era alzata, aveva preparato il caffè e se n'era andata sulla veranda posteriore. Lì era rimasta, *da sola*, a bere una tazza di caffè dopo l'altra nel suo bel giardino sotto un cielo romantico pieno di stelle, osservando la luce della luna che danzava sull'acqua luccicante.

"Siamo felici che tu sia qui." Cali suonava nervosa. "Volevamo parlarti."

Jillian si lasciò cadere sulla sedia della sua scrivania e bevve cautamente un sorso di caffè prima di sollevare lo sguardo e incrociare quelli delle sue sorelle, screziati di preoccupazione e inquietudine.

"Qualcosa non va," disse Olivia. "Siamo preoccupate per te."

"Va tutto bene." Ma Jillian sapeva che non era vero. Avrebbe dovuto essersi ormai adattata alla notizia ricevuta dal medico, ma così non era stato.

Aveva addosso una pesantezza che le ricordava le sabbie mobili.

"Un corno." Gli occhi di Shar mandavano lampi. "Sei uno straccio e hai la maglietta al contrario. Altro che 'tutto bene'."

Jillian lanciò un'occhiata alla maglietta in questione. "Ma tu guarda."

"D'accordo." Olivia la raggiunse, seguita a ruota dalle altre sue sorelle. "Adesso basta. Che succede?"

"Sì, tesoro," disse Cali, il volto dai lineamenti delicati segnato dall'ansia. "Sono giorni che ti comporti in modi che non sono da te. Dalla mia festa, per la precisione. So che abbiamo avuto molto lavoro e che tu sei stata davvero impegnata a sistemare i giardini, ma ti abbiamo tenuta d'occhio. E io non mi sono dimenticata che, la sera della festa, tu eri più rossa della tua rosa preferita. E che sei praticamente entrata nel mio frigorifero. Questa non è la Jillian calma, fredda e razionale che conosciamo."

"*Inoltre,*" intervenne Shar, "ti abbiamo vista in veranda con Ryan. E poi, lui se n'è andato presto. E anche tu. C'è qualcosa tra di voi di cui tu hai paura di parlarci?"

Jillian ebbe un sussulto a quelle parole.

Shar gemette. "Ecco! Lo sapevo."

"No, non c'è nulla," negò Jillian. Ma sapeva che era inutile. Si era sentita strana e sconnessa dalla realtà da quando aveva parlato col medico, e ora Ryan era sempre nei suoi pensieri. Temeva fortemente che presto avrebbe fatto qualcosa di assolutamente e completamente assurdo se non avesse parlato con nessuno. Se non avesse permesso a qualcuno di aiutarla.

"Chissà perché, non ti credo," disse Cali. "Ryan è una persona fantastica. Da piccola, lo idolatravi."

"È vero," confermò Olivia. "Non lo hai mai detto, ma lo sapevamo tutte. Non gli staccavi mai gli occhi di dosso quando era nei paraggi."

Era impossibile tenere segreto qualcosa alle sue sorelle.

Shar sorrise. "Probabilmente, tutte abbiamo avuto una cotta per lui. Ma tu ce l'hai ancora, vero?"

"Va bene, d'accordo, avevo una cotta per lui. Ma sette anni di differenza sono molti."

"A scuola," ribatté Shar. "Non nel mondo degli adulti. È una differenza perfettamente accettabile."

"È vero. E se lui ti piace ancora, ricordati che tu e Abe siete usciti solo qualche volta. È questo che ti preoccupa?"

Jillian posò il caffè. "No, non è questo." Si massaggiò la tempia all'altezza del punto in cui la testa aveva cominciato a farle male. Non aveva ancora detto ad alta voce quella cosa; solo il medico lo aveva fatto. *Pensava forse che, se si fosse tenuta tutto nascosto dentro, quella realtà avrebbe smesso di essere vera?*

Guardò Cali. "Il giorno della tua festa, ho scoperto che potrei non riuscire ad avere figli." Le sue sorelle sussultarono e lei proseguì: "*Inoltre,* se voglio avere la possibilità di averne, devo farli presto. Tipo, subito."

Nella stanza cadde il silenzio mentre le sue dolci sorelle impallidivano. Sapevano quanto lei desiderasse dei bambini.

Gli occhi di Cali si colmarono di lacrime. "Perché non ce l'hai detto subito? È da una settimana che lo sai?" La abbracciò. "Mi dispiace tanto."

Il cuore di Jillian si serrò e lei trattenne a fatica

l'emozione che era come un pugno chiuso dentro di lei. Ciò nonostante, una lacrima le sfuggì dall'occhio e le scivolò lungo la guancia.

"Perché?" chiese Olivia. "Dispiace anche a me, ma che spiegazioni ti ha dato il medico?"

"Pare che l'elenco delle cause sia piuttosto lungo. Ma, in sintesi, la mia endometriosi sta strangolando le mie ovaie e rompendo le scatole in generale. E poi, ci sono anche degli altri problemi, che non faranno che peggiorare. E presto. Non va bene."

Ecco, lo aveva detto.

Shar tacque. Jillian lanciò un'occhiata alla sua schietta sorella, immersa in un silenzio che non era da lei.

Jillian si asciugò una lacrima con le dita. "Continuo a cercare di concentrarmi sulle cose buone che ho e sul fatto che ho ancora una possibilità. E poi, potrò sempre adottare dei bambini. Ma tutte le mattine, quando mi sveglio, riesco a malapena ad alzarmi dal letto. Ogni momento nel quale non cerco di avere un figlio è tempo perduto."

"Hai bisogno di un uomo." Shar aveva preso

finalmente la parola. "E ne hai bisogno prima di subito."

Jillian la fissò, sconvolta dal fatto che sua sorella avesse pronunciato le stesse, esatte parole che il suo cuore continuava a ripeterle.

Cali lanciò a Shar un'occhiata accigliata. "Non prenderla in giro in un momento del genere."

Shar non parve turbata. "Non la sto prendendo in giro. Ho solo affermato un fatto."

"Beh," disse con prudenza Olivia. "Non hai tutti i torti. Ma ora non è il momento–"

"Ora è precisamente il momento," obiettò Shar. "Il tempo a disposizione di Jillian si sta esaurendo. Non avete sentito quello che ha detto?"

Jillian guardò le sue sorelle affrontare la discussione che imperversava dentro di lei da una settimana.

Gli occhi di Cali si colmarono di compassione. "Jillian, non devi disperarti. Voglio dire, sei bellissima; sei una persona dolce e fantastica… che poi è la cosa più importante. Presto arriverà un uomo che sarà felice di averti come moglie e madre dei suoi figli. Ci penserà la Provvidenza."

"Giusto," disse Olivia. "Là fuori c'è una persona speciale che aspetta solo te. Ryan è tornato in città."

"È un poliziotto sotto copertura," riuscì finalmente a dire Jillian.

Olivia si accigliò. "Giusto. Ma forse non tornerà a fare quel lavoro. E poi, c'è Abe!" esclamò. "È ancora una possibilità, ed è meraviglioso."

"È una persona fantastica, sì. È perfetto, ma io non… provo nulla di speciale quando sono con lui."

Le sue sorelle la fissarono.

"Quello sarebbe un problema," disse Shar. "Devi sentire le scintille, le farfalle e la pelle d'oca."

"L'amore. Deve sentire l'amore," disse Cali in tono di rimprovero.

"Ehi, sorellona, datti una calmata. Anch'io credo che l'amore sia la cosa più importante, ma anche il resto ha un suo perché."

Jillian trasse un respiro profondo.

"Forse potresti trascorrere un po' di tempo in più con Abe," proseguì Olivia in tono speranzoso.

"Cosa provi quando sei con Ryan?" chiese Cali,

con un bagliore negli occhi verdi.

Jillian si sentì avvampare. Si alzò in piedi al pensiero di Ryan quella prima sera, quando era apparso in casa di Cali, e poi quando si erano seduti insieme al tavolo da picnic a mangiare il gelato. Jillian aveva provato un'affinità innegabile con lui. Cercò di non pensare alla scenata disperata che aveva fatto la sera del ballo.

Shar rise. "Se quelle guance rosse vogliono dire qualcosa, direi proprio che i fuochi d'artificio ci sono. Il che spiega perché tu ti sia quasi ficcata nel frigorifero a casa di Cali."

"È vero." Jillian fece una smorfia. "Verissimo. E io non so proprio cosa fare."

"Passa un po' di tempo con lui," disse Olivia.

"Giusto." Cali si mise le mani sui fianchi. "Esci fuori dal tuo guscio. Lui non ti staccava gli occhi di dosso, per cui non devi pensare che l'attrazione non sia reciproca. Ho visto come ti guardava."

Al solo pensiero, le farfalle presero a svolazzare. "Ma non è così facile. Non posso, in buona coscienza, nascondere alla persona con cui esco che potrei non essere in grado di avere dei figli. E di certo non è un argomento adatto a un primo appuntamento.”

Shar fece una smorfia. “Ecco, questo è un problema.”

“Non con Ryan,” intervenne Cali. “Lui fa praticamente parte della famiglia.”

“Non posso.” Jillian fulminò con lo sguardo le sue sorelle. “Non crediate che non ci abbia pensato. Ci sto perdendo la testa. Sono disperata, ma… non credo che riuscirei a dire a un uomo *quanto* lo sono. E non posso tacere, o rischierei che qualcuno si innamori di me e poi scopra che non posso dargli un figlio. È terribile.”

Finalmente, tutte e tre le sue sorelle rimasero senza parole.

Jillian aveva pensato a tutto. E sotto quella luna romantica, la notte prima, si era resa conto di quale fosse l’unica possibilità. “Per cui… comincerò a cercare una banca del seme. Credo che sia la soluzione migliore.”

“No,” esclamarono all’unisono le sue sorelle.

Cali la raggiunse e le circondò il viso con le mani. “Devi trarre un respiro profondo e pregare. Hai bisogno di ritrovare la pace, mia dolce sorella. Vedremo cosa succederà. Per il momento, devi solo essere te stessa."

Olivia venne da lei e le circondò la vita con un braccio. "Andrà tutto bene. Cali ha ragione."

"Abbraccio di gruppo." Shar buttò le braccia attorno a tutte e tre. "Una per tutte e tutte per una. Siamo con te, sorella. Non importa se puoi o non puoi avere bambini: qualunque uomo ti prenderà in moglie sarà l'uomo più fortunato del mondo. Non dimenticartelo."

Jillian si mise a piangere. "Vi adoro. Siete le sorelle migliori del mondo." Era vero. Chissà perché, si era dimenticata che quella non era una strada che era costretta a percorrere da sola.

"Sì, ci sarò. Sembra divertente." Ryan teneva il cellulare tra la spalla e il mento mentre riponeva un kayak in una rastrelliera a più livelli. Era ora di chiudere e lui era pronto per andare a fare una corsa. Più che pronto.

Levi ridacchiò dall'altro capo della linea. "Potresti cambiare idea quando avremo finito. Sei sicuro di esserti ripreso a sufficienza per affrontare questa sfida?"

"Te lo ripeto: ho detto che avrei partecipato al percorso a ostacoli del Giorno del Ringraziamento. Stai cercando di farmi cambiare idea? Cominci a temere che perderemo?" Ryan sperava di no, perché era ansioso di competere.

"Certo che no. Voglio solo assicurarmi che tu sia all'altezza. Sarà come ai vecchi tempi," disse Levi. "Ci sentiamo."

Ryan mise giù, finì di chiudere e si diresse a casa di suo padre per cambiarsi prima di uscire a correre. La sua anca stava meglio, ora, ma doveva tenerla allenata. Per fortuna il proiettile non aveva frantumato l'osso né aveva colpito un'arteria importante quando la sua copertura era saltata.

Era pronto a sfogarsi. Aveva bisogno di farlo. Tutti i clienti della giornata erano stati coppiette dall'aria palesemente innamorata, all'apparenza incapaci di tenere le labbra staccate e brillanti d'amore… e lui aveva dovuto sorbirsi tutto lo spettacolo, pensando a Jillian.

Aveva bisogno di una corsa. Aveva bisogno di lasciarsi andare.

Ciò che voleva davvero era vedere Jillian. Ma farlo sarebbe stata una pessima idea, per cui gli serviva una bella e lunga corsa sulla spiaggia.

Era così da quando l'aveva guardata allontanarsi dopo il gelato e la situazione non faceva che peggiorare.

Mezz'ora dopo, stava correndo lungo la spiaggia quando notò un grosso assembramento di persone. Incuriosito, si diresse in quella direzione. Quando arrivò ai margini della folla, intravide l'ambulanza dell'Ospedale delle tartarughe di mare e la familiare chioma scura di Shar al centro di tutto, vicino alla riva. C'era anche Gage, assieme a diverse altre persone con delle magliette col logo dell'ospedale. Ryan stava cercando di avvicinarsi quando notò Jillian. Il suo cuore accelerò violentemente i battiti e, all'improvviso, al solo guardarla il giorno gli parve più luminoso. La giovane era come un raggio di sole… e lui non riusciva a non sentirsi attratto da lei.

Attraversò la folla fino a raggiungerla. "Che succede?"

"Ryan," disse lei, chiaramente colta alla sprovvista dalla sua presenza. I suoi grandi occhi verdi erano spalancati per l'entusiasmo. "Oggi è giorno di liberazione. Stanno liberando una tartaruga di mare che hanno salvato alcuni mesi fa. Era messo male quando lo hanno salvato, e non si aspettavano che avrebbero avuto la possibilità di liberarlo. Ma è guarito benissimo e ora potrà ritornare a casa. Vuoi dare una mano? Io dovrei essere là."

"Certo," concordò lui, rendendosi conto che Jillian avrebbe potuto anche chiedergli di camminare sui carboni ardenti e lui avrebbe accettato.

"È stato salvato qui, nella baia, vicino al resort." Jillian gli fece strada tra la folla. "L'ospedale cerca sempre di liberare le tartarughe nei pressi del luogo in cui sono state trovate. È splendido vederle tornare a casa, nell'oceano che amano."

"È da molto tempo che non partecipo a uno di questi eventi." Ryan sorrise; gli piaceva il lavoro che l'ospedale svolgeva a beneficio delle tartarughe di mare della zona. "Ricordo che Shar aveva il pallino del volontariato presso l'ospedale, tanti anni fa; sembra che abbia continuato su quella strada."

"Eh sì: per lei, si tratta di una vera e propria missione." Jillian sorrise. "Ehi, Superdonna," chiamò, attirando con un gesto l'attenzione di Shar.

"Ehi, venite a darci una mano." Shar fece loro segno di avvicinarsi al punto dove lei, Gage e due altri uomini reggevano un grosso contenitore dove si trovava una tartaruga di discrete dimensioni.

Ryan seguì Jillian. Lei salutò tutti e afferrò un bordo del contenitore. "John, Alex, lui è Ryan," disse a mo' di rapida presentazione ai due uomini che lui non conosceva.

Si scambiarono un saluto veloce. Gage sorrise. "Ehi, è bello vederti. Guarda che questo è un compito pericoloso: potresti ritrovarti invischiato come il sottoscritto."

"Può darsi," disse lui.

"Forza," ordinò Shar; poi si misero in marcia.

Insieme trasportarono la vasca aperta in mare e

camminarono fino ad avere l'acqua all'altezza del petto. Il contenitore era pesante e la tartaruga, pur non essendo la più grande che Ryan avesse mai visto, non era certo un peso piuma. Jillian perse la presa quando inciampò nel bagnasciuga. Ryan tenne stretta la vasca con una mano per compensare e allungò l'altra per dare sostegno alla giovane. "Tutto a posto?"

Furono colpiti da un'onda e Jillian rise mentre afferrava di nuovo la vasca. "Sì, tutto bene. Grazie per avermi salvata. Per poco non finivo a nuotare con la tartaruga."

"Figurati." Ryan le sorrise; adorava la gioia che le brillava negli occhi. Si rese conto che parte di quella gioia non si era vista quando loro due avevano parlato e si chiese se la causa non fosse lui stesso.

"D'accordo, qui va bene," esclamò Shar. "Raymond, ti vogliamo tutti bene, ma ora potrai tornare dalla tua famiglia. Al mio tre," gridò, per poi guardare la voglia. "Diamo inizio al conto alla rovescia," disse a una signora sulla spiaggia, che riferì il messaggio mentre Shar sollevava una mano con l'indice alzato. "Uno!" esclamò, e la folla ripeté. "Due!

Tre!" E mentre tutti gridavano il numero, inclinarono la vasca e la tartaruga di mare scivolò in acqua.

Dalla folla si levarono grida di esultanza mentre la tartaruga nuotava, per poi guizzare in superficie e, all'apparenza, mettersi a giocare nel mare, come se gradisse l'attenzione; quindi si immerse e svanì alla vista. Shar si voltò verso gli altri, il viso colmo di gioia. Jillian le diede il cinque e poi guardò Ryan; anche la sua espressione era gioiosa.

"Tutte le volte che lo facciamo, mi viene la pelle d'oca. Spero che Raymond vivrà tranquillo e felice."

"Anch'io." Ryan le prese delicatamente il braccio per aiutarla mentre tornavano faticosamente a riva.

"Oh." Jillian sussultò nell'abbassare lo sguardo sulle scarpe da corsa fradice di Ryan. "Non eri a piedi nudi. Non so cosa mi sia passato per la testa." Lei si era tolta i sandali prima di entrare in acqua.

"Va tutto bene. Sono lavabili. Non mi sarei perso quell'esperienza per nulla al mondo."

"Grazie, amico," disse Gage mentre passava loro vicino. "Sono felice che tu ci abbia dato una mano."

"Figurati," disse Ryan mentre lui e Jillian si

spostavano in modo che l'ambulanza potesse prendere armi e bagagli e allontanarsi.

"Ci sentiamo, Shar," esclamò Jillian, per poi spostarsi di lato assieme a lui.

Shar le fece l'occhiolino. "Già, non pensarci nemmeno a non chiamarmi, d'accordo?"

Ryan vide Jillian arrossire leggermente. La giovane non rispose mentre raccoglieva i sandali e cominciava a camminare. Incuriosito, lui le si affiancò. "Mi tolgo le scarpe. Puoi aspettare per un minuto?"

"Certo." Jillian si fermò e lo guardò mentre si chinava a slacciare i lacci e a togliersi le scarpe e i calzini ormai incrostati di sabbia. "La cara, vecchia sabbia." Rise.

"Aspetta un attimo." Ryan prese in mano le scarpe e corse fino al mare per inzupparle nell'acqua; poi tornò indietro e ci ficcò dentro i calzini. "D'accordo, sono pronto." Camminarono per un po' prima che uno dei due dicesse qualcosa. Ryan si sentiva in pace accanto a Jillian.

"È stato fantastico," disse, perché era vero e perché all'improvviso faticava a trovare qualcosa da dire.

"Sì, lo è sempre." Negli occhi di Jillian brillava l'orgoglio; era chiaro, per Ryan, che era sincera.

"Tua sorella è fantastica."

"Sì. Fino a poco tempo fa, aiutava me e Cali al resort ed era sull'orlo del collasso: si alzava sempre presto per andare a correre e cercare tartarughe ferite. Nel periodo della posa delle uova, passava in rassegna tutte le spiagge a rotazione, cercando le covate a rischio e segnalandole ogni volta che ne trovava una. Poi veniva al lavoro con noi… era troppo."

"Direi."

"Lavorare alle relazioni pubbliche del resort non era esattamente una gioia, per lei. Era più brava di quanto credesse, ma è fatta per salvare le tartarughe, non per organizzare matrimoni. Per cui, l'arrivo di Olivia è stato una liberazione per lei." Jillian fece un gran sorriso.

"Si vede. Ma a te piace quello che fai, dunque non cerchi una via di fuga."

"Oh, io adoro il mio lavoro. Non lo lascerei mai."

"Lo avevo immaginato. Non sono ancora andato al

resort, ma sono passato da quelle parti e l'ho trovato bellissimo. Il verde all'esterno è fantastico e ho sentito dire che, grazie a te, dentro è ancora meglio. E poi, sono sicuro che tu sia una splendida padrona di casa. Mi ricordo di quando i tuoi genitori organizzavano quelle feste per gli ospiti del resort e invitavano chiunque volesse venire; erano felicissimi. Suppongo che anche tu sia fatta così."

"Ti ringrazio. I miei genitori sapevano e sanno ancora come trattare le persone. Noi stiamo cercando di continuare quello che loro hanno cominciato. Stiamo rimodernando il resort perché ha bisogno di una rinfrescata e perché è necessario farlo per attirare piccole conferenze, matrimoni, riunioni di famiglia e cose del genere. Ma, in generale, stiamo cercando di mantenere la stessa atmosfera che c'era ai tempi di mamma e papà."

"Credo proprio che quel murale ne attirerà, di gente." Ryan accennò col capo all'opera d'arte di fronte a loro. Smisero di camminare per osservarla.

"Grant ha fatto più del dovuto per realizzare quel capolavoro."

Ryan osservò la barriera corallina dai colori brillanti dipinta da Grant; i pesci e i delfini erano il punto focale dell'opera alta quattro piani. "Jax è molto orgoglioso del contributo che ha potuto dare a questo murale."

"E fa bene a esserlo. Ha un grande talento. Lo hai più sentito da quando lui e Grant sono partiti?"

"Un paio di volte, ma dice che lavorano molto duro quando stanno creando."

"Sì, è vero. C'è voluta meno di una settimana per realizzare questo murale, dopo che Grant ha cominciato a dipingere. Sembra proprio che la parte ostica sia acquisire familiarità con la zona e trovare qualcosa di speciale da dipingere."

Erano molti vicini e Ryan avvertì l'impulso di circondare le spalle di Jillian con un braccio e attirarla in un abbraccio. *In un bacio.* Cercò di impedire alla sua immaginazione di partire per la tangente. "Sei molto impegnata. Dove trovi tempo per la vita sentimentale?"

"Oh, ecco… qua e là."

Era una sua impressione o si era innervosita?

Ryan avvertì una stretta al petto nel rendersi conto che non suonava troppo convinta. "E questo al tuo ragazzo non dispiace?"

Jillian spalancò gli occhi al punto che le lunghe ciglia per poco non le toccarono le sopracciglia. "Ehm, no."

Jillian Sinclair non era capace di fare una faccia da poker nemmeno provandoci. C'era qualcosa sotto. *Ma cosa? Perché chiudersi in se stessa in quel modo?*

"Supponiamo che io stia uscendo con te," disse lui. L'espressione di Jillian vacillò quando Ryan sollevò la mano e prese tra le dita una ciocca dei suoi capelli. Erano morbidi e setosi come sembravano. La giovane deglutì visibilmente, al punto da serrare la mascella sottile. Lui sostenne il suo sguardo con occhi colmi di compostezza e sincerità. "A me non basterebbe vederci solo di tanto in tanto."

Le labbra di lei si schiusero e un lieve "Oh" vi sfuggì mentre la giovane spostava i piedi sulla sabbia.

Era splendida. Lui non riuscì a trattenersi mentre si chinava in modo che i loro volti fossero molto vicini. "Vorrei esserti vicino in ogni momento possibile."

"Oh," ripeté Jillian. I suoi respiri erano piccoli sbuffi contro le labbra di Ryan.

"Proprio così," mormorò lui, mentre il mondo pareva ruotare tutto attorno a lui. Si chinò e coprì le labbra di Jillian con le sue.

Il mondo smise di girare non appena le morbide labbra della giovane si congiunsero alle sue. Una mano di lei si sollevò per sfiorargli delicatamente la guancia; le sue dita tremanti, leggere come farfalle contro la pelle di lui, lo colpirono dritto al cuore, che tuonava. Era come essere in Paradiso.

All'improvviso Jillian rimase di sasso e si ritrasse. "Oh," ansimò, l'espressione sconvolta. "Devo andare." Barcollò nella sabbia per la fretta di allontanarsi da lui.

A sua volta sconvolto, Ryan la guardò allontanarsi, lottando contro l'impulso di seguirla.

Non era stata sua intenzione baciarla. Non era stata sua intenzione oltrepassare quel confine. Ma lo aveva fatto e ora sapeva, senza ombra di dubbio, di essere nei guai.

Guai grossi, perché quello non era stato solo un bacio…

CAPITOLO SEI

*R*yan *l'aveva baciata.*
E lei aveva ricambiato il bacio.

Jillian non si fermò mentre, dalla spiaggia, correva fino alla proprietà del Windswept Bay Resort. Continuò a muoversi, oltrepassando la piscina decorata da un altro degli splendidi murali a opera di Grant. Non guardò nemmeno il meraviglioso dipinto, da tanto era sconvolta per ciò che era accaduto.

Oltrepassò il ponticello bianco sopra il laghetto ornamentale e si diresse verso le scale posteriori che l'avrebbero condotta all'ufficio. Doveva prendere le chiavi della macchina per potersene andare e stare un po' da sola; di conseguenza, sperava di non incappare nelle sue sorelle.

Arrivò in ufficio e fu lieta di trovarlo vuoto. Il cuore le batteva all'impazzata; le tremavano le mani mentre afferrava la borsa e frugava in cerca delle chiavi. Dopo averle trovate, si incamminò verso le scale.

Era a metà della lobby, diretta verso il corridoio che l'avrebbe portata al parcheggio laterale e alla sua auto, quando si sentì chiamare.

"Come mai tanta fretta, Jillian?"

Si fermò e si voltò per vedere Horace Finley, il capo della manutenzione, che la guardava con aria preoccupata. Accanto a lui c'era Abe.

"Va tutto bene?" chiese Abe.

"Perché non hai un bell'aspetto," osservò Horace, fissandola da sotto le sopracciglia cespugliose. L'uomo lavorava al resort da prima ancora che lei nascesse… nonché, probabilmente, dalla preistoria. Era fantastico, capace e un buon lavoratore. Era anche assai diretto.

"Va tutto bene," mentì lei.

"Tesoro, sembra che tu abbia visto un fantasma." Horace si grattò la testa.

Abe fece un passo avanti. "Posso aiutarti?"

Horace spostò lo sguardo da Abe a lei e fece un piccolo cenno del capo. "Credo che lascerò tutto nelle tue mani. Signorina, se hai bisogno di qualcosa fammelo sapere e ci penso io, d'accordo? Ora farò meglio a tornare a casa dalla signora Finley. Credo che sia pronta la cena."

Se non altro, non aveva insistito. Abe, d'altro canto, sembrava meno incline a ignorare l'espressione sconvolta di Jillian e allontanarsi. Probabilmente, Horace l'aveva fatto solo perché sapeva che Abe avrebbe potuto aiutarla.

"Va tutto bene, Abe, ma devo andare." Jillian si incamminò verso il corridoio e Abe la seguì a ruota. L'uomo era largo di spalle, capace, e probabilmente in grado di risolvere qualunque problema. Dio solo sapeva perché non fosse scoccato nulla tra di loro. E dopo ciò che aveva appena vissuto con Ryan, Jillian si chiese se sarebbe mai riuscita ad accontentarsi di qualcosa di meno di un intero sciame di farfalle.

Perché se ne era alzata in volo una miriade, ed erano tutte scatenate.

A Ryan era bastato un bacio lieve, delicato, per sconvolgere tutto il suo mondo. Era stato così dolce. L'uomo le aveva mozzato il fiato, al punto che lei ancora non trovava la voce.

Quando arrivarono in fondo al corridoio, Abe aprì la porta e la tenne aperta per lei. Jillian passò tra lui e la porta, sfiorandogli il braccio mentre usciva sotto il sole. La vicinanza dell'uomo non provocò in lei alcuna reazione. Con Ryan era diverso: nel momento in cui si era voltata e se l'era ritrovato accanto, qualunque cosa potesse palpitare si era data alla pazza gioia.

E questo *prima* che lui la baciasse. Jillian guardò Abe.

Lui le sorrise con aria gentile. "Sembri sconvolta; lo sembri e ti comporti come se lo fossi da giorni, perlomeno quando ti ho vista io. Posso esserti d'aiuto? Vuoi andare da qualche parte a parlare?"

"Sì. Possiamo?" Jillian sapeva che stava tirando la corda. Sarebbe dovuta andare a casa. Ma Abe era stato molto gentile e avrebbe potuto essere la strada che l'avrebbe condotta al futuro che lei voleva… o al quale si sarebbe rassegnata. *Oh, che pensiero terribile e disperato.*

"Il mio furgone è laggiù." La voce profonda dell'uomo riecheggiò come un dolce tuono mentre lui si chinava leggermente e indicava oltre la spalla di Jillian, verso il grosso pick-up vicino al confine del parcheggio. Lei annuì e lasciò che l'uomo le facesse strada e aprisse la portiera del passeggero.

Jillian stava salendo in macchina quando Grace, la direttrice del resort, scese dalla sua auto poco lontano.

"Ciao." La donna sorrise a Jillian; poi il suo sguardo si spostò su Abe. Jillian vide i suoi occhi illuminarsi. "Ciao, Abe," disse Grace, per poi spostare lo sguardo su di lei. "State uscendo?"

Forse Jillian si sbagliava, ma credeva di aver udito una certa tensione nella voce di Grace.

"Andiamo a bere qualcosa." Abe sorrise a Grace.

Jillian ebbe l'impressione che il tono dell'uomo si fosse intenerito. "Per parlare," aggiunse subito. "Lavori questa sera?"

Grace annuì mentre si metteva la borsa in spalla;

la sua mano accentuò la presa sulla cinghia. "Sì. Oggi ho dovuto portare Donovan dal dottore per un controllo, per cui ho fatto a cambio di turni."

Abe inclinò la testa. "Donovan?"

Grace si illuminò il viso. "Sì, mio figlio. Ha cinque anni."

"Ed è adorabile," aggiunse Jillian. "E più intelligente di qualunque altro cinquenne io abbia mai conosciuto… e forse anche di qualunque cinquantenne."

"Sta bene?" chiese Abe. Grace annuì.

"Sì. È solo raffreddato. Si è arrabbiato perché il dottore non gli ha dato nessuna medicina per farlo stare meglio."

Abe rise. "Mia figlia ne sarebbe stata felicissima."

Gli occhi di Grace si illuminarono. "Non sapevo che anche tu avessi un figlio."

Jillian li guardò e si chiese perché quei due non uscissero insieme. Sembrava esserci qualcosa tra loro.

"Sì, mia moglie è morta qualche anno fa. Per mia figlia è stata dura, ma comincia a riprendersi."

"Mi dispiace per tua moglie," disse Grace. "È

difficile crescere dei figli da soli. Donovan sente la mancanza di suo padre. Lui se n'è andato due anni fa e Donovan ne ha sofferto molto. Al momento, si crede più intelligente di me. Comunque sia, io devo andare a lavorare e smettere di trattenervi. Scusate."

Jillian era sicura che Grace la sapesse lunga di farfalle e cuori che battevano all'impazzata, e che stesse avendo quei sintomi mentre parlava con Abe.

"Va tutto bene," le assicurò Jillian, sentendosi un po' il terzo incomodo.

"Se dovessi avere bisogno di una mano, fammi sapere. Forse a tuo figlio piacerebbe venire con te al lavoro, un giorno?"

"Oh," mormorò Grace. "Sei molto gentile. Terrò presente la tua offerta. Ma ora devo andare a lavorare. Divertitevi, voi due." Poi si affrettò verso l'ingresso secondario e svanì.

Abe la guardò allontanarsi. Jillian osservò il suo profilo e si chiese se l'uomo non avrebbe preferito aiutare Grace a salire sul furgone, piuttosto che Jillian. Il pensiero non le dava per nulla fastidio.

"D'accordo, direi che siamo pronti." Abe si voltò

e la vide già seduta, con la cintura allacciata.

Jillian ridacchiò; all'improvviso, si sentiva il cuore leggero. "Direi proprio di sì," disse.

Poco dopo erano in un piccolo bar all'aperto che serviva bevande tropicali di ogni genere, alcoliche e analcoliche, su uno sfondo meraviglioso. Presero un tavolo sotto un ombrellone di paglia. Jillian ordinò un bicchiere di limonata alla fragola; non beveva un goccio d'alcol dal ballo della scuola.

Mentre Abe ordinava la stessa cosa, i suoi pensieri corsero a quella sera. La serata più umiliante della sua vita. Quando aveva oltrepassato un confine, bevuto alcolici per la prima volta in vita sua, e reagito malissimo. Era stata più alticcia di quanto avesse creduto e, quando il suo eroe Ryan l'aveva salvata dal ragazzo ubriaco con cui era andata al ballo, lei aveva perso ogni inibizione.

Aveva lasciato campo libero a tutte le sue speranze e ai suoi sogni segreti, compreso il fatto che lo amava... e che voleva partorire i suoi figli.

"Terra chiama Jillian," disse Abe, seduto di fronte a lei.

"Scusa. Ho molte cose per la testa."

"Lo vedo." L'uomo giunse le mani sul tavolo, proprio come aveva fatto lei.

"Abe." Jillian sospirò. "Tu non hai idea."

"Spero che tu mi consideri tuo amico. Perché per me è così." L'uomo allungò una mano attraverso il tavolo, prese la sua e la strinse dolcemente. I loro sguardi si incrociarono. Non ci furono scintille, esplosioni… nulla, se non il conforto datole dalla mano forte di Abe sulla sua.

"Io ti considero un amico, ma devo dirti una cosa: non posso più uscire con te. Spero che questo non ti ferisca."

Abe prese la notizia con fare pensieroso. "L'avevo intuito," disse. "Sappiamo entrambi che non c'è affinità tra di noi. Tu meriti di più e io mi sono reso conto che non scoppiano fuochi d'artificio quanto ti prendo la mano."

"Sei un uomo magnifico."

"Lo spero. Mia madre sarebbe felice di sentirtelo dire. Ma sappiamo entrambi che tu meriti di sposare un uomo che sia meraviglioso *e* che ti faccia impazzire d'amore. Non devi accontentarti di qualcosa di meno. È così che mi sentivo con mia moglie, e forse non riuscirò mai più a ritrovare un sentimento come quello. Ma torniamo a te. Se dirmi che devo considerarmi libero è ciò che ti ha reso tanto nervosa, sono felice che ci siamo chiariti." Abe si mise comodo mentre venivano servite loro le limonate e ringraziò la cameriera.

Quando furono di nuovo soli, Jillian sorseggiò la sua bibita prima di parlare. "Tu sei un uomo molto intelligente, Abe."

Quando Abe la riportò al resort e alla sua macchina, lei si rese conto di non aver condiviso nient'altro di personale con lui. Erano amici, ma stabilirlo le aveva dato sollievo. Quando lo aveva visto parlare con Grace, si era resa conto che doveva andare oltre. Anche solo pensare di sistemarsi con Abe non era stato corretto nei confronti dell'uomo, che meritava di più.

Lo stesso valeva per Jillian… ma quello era un suo problema.

CAPITOLO SETTE

Due giorni dopo essere stata baciata da Ryan e aver troncato ogni legame di natura sentimentale con Abe, Jillian era ancora piuttosto confusa e insicura riguardo a cosa ne sarebbe stato della sua vita, ma anche sollevata per il fatto che lei e Abe si fossero chiariti. Ed era stata felice quando aveva visto l'uomo parlare con Grace nella lobby. Quei due sarebbero stati un'ottima coppia… o almeno, lei ci sperava.

Quel giorno indossava dei sandali e un vestito, perché ci sarebbero stati tre piccoli matrimoni al resort.

Avevano finito di sistemare le aiuole appena in tempo. Il suo lavoro, quel giorno, era consistito nel seguire la cerimonia intima che si era svolta attorno alla fontana, una zona riparata del resort. Cali aveva gestito il matrimonio più grande, in spiaggia, e Olivia quello nella sala banchetti. Dopo il matrimonio, Jillian stava tornando in ufficio ed ebbe un sussulto quando vide Ryan venirle incontro dall'altra parte del cortile. Il suo cuore mancò un battito e la sua giornata si illuminò all'istante. L'uomo indossava pantaloncini, una maglietta da surf e scarpe da barca; i suoi occhi marroni le scaldarono il cuore quando i loro sguardi si incrociarono. Lei non lo aveva più visto da quando lui l'aveva baciata ed era inutile negare che avesse sentito la sua mancanza. Così stavano le cose.

Non era più riuscita a smettere di pensare a lui.

"Ciao," disse Ryan. "Avevo giusto bisogno di vederti. Mi chiedevo se potessi portarti via da qui per un po'."

Senza riuscire a trattenersi, Jillian annuì. "Sarebbe piacevole, a dire il vero."

Ryan fece un gran sorriso. "È la mia giornata

fortunata.”

“Dammi solo un minuto.” Jillian tirò fuori il cellulare e scrisse a Cali che il matrimonio era andato bene e che lei stava andando a casa. Ricordò a se stessa che si stava comportando incautamente e che se ne sarebbe pentita. Doveva muoversi con prudenza. Ma, al momento, tutto ciò che voleva era trascorrere un po' di tempo con Ryan. Sarebbe andato tutto bene.

Nel giro di pochi minuti, seguì Ryan fino al parcheggio e al pick-up di lui. L'uomo le tenne aperta la portiera.

“Ecco la vostra carrozza.” Lei lo oltrepassò e lui la aiutò a salire; poi si sporse verso di lei. “Se non avessi paura di farti scappare, ti darei un bacio.”

Farfalle, farfalle, farfalle.

Jillian doveva essersi mostrata sconvolta dalle sue parole, perché Ryan sorrise, fece un passo indietro e chiuse la portiera. La bocca le si asciugò mentre l'uomo girava attorno al furgone e si metteva al volante. Jillian stava giocando col fuoco, lo sapeva. O forse stava semplicemente volando alla cieca? Un comportamento che difficilmente qualcuno le avrebbe attribuito. *Ma ormai era troppo tardi per tirarsi indietro.*

Nel giro di pochi istanti, partirono.

"Spero che questo non causerà problemi tra te e il tuo ragazzo." Ryan la guardò. "Ti ho baciata e non lo avrei fatto se ti avessi creduta seriamente impegnata con qualcuno. Ho la sensazione che così non sia, ma se mi sbaglio dimmelo e io mi tirerò indietro."

Le sue parole le provocarono un brivido. "No, non c'è nessun ragazzo."

"Insisto a dire che gli uomini di Windswept Bay devono essere ciechi."

Jillian rise. "Sei tremendo." *Come sarebbe stato trascorrere la vita con Ryan?* La domanda le colmò la mente, le solleticò le interiora e accentuò la stretta della tensione dentro di lei.

"No, solo sincero."

Jillian non seppe come rispondere. Ryan guidò fino al parcheggio della Lagoon Adventures, vi entrò e spense il motore del pick-up. Jillian si rendeva conto di essere in acque pericolose. Avrebbe dovuto dirgli che c'erano delle ragioni per cui lui avrebbe fatto meglio a non lasciarsi coinvolgere. Doveva dirglielo.

Ryan si voltò e appoggiò un braccio sullo schienale del sedile; poi si mise a giocherellare con una ciocca dei suoi capelli. "Io ti rispetto, Jillian. Non ho dormito le ultime due notti, perché pensavo a te. Non riesco a toglierti dalla mia testa. Credo di doverti dire che, ora come ora, la mia vita è sospesa a mezz'aria e che non credo di avere alcun diritto di voler trascorrere del tempo con te."

Dal canto suo, Jillian aveva la bocca asciutta. "Mi sento un po' sopraffatta," mormorò. "Ma non vorrei essere da nessun'altra parte."

Ryan sorrise. "È proprio quello che volevo sentire. Ora, vorrei portarti a fare un giro di questa laguna. Trascorro tutta la giornata a guardare delle coppie che si godono questo bel posto e sto uscendo di testa. Ho bisogno di portarti a vedere le cascate."

"Ne sarei felice." Jillian decise che si sarebbe lasciata andare e si sarebbe goduta il tempo trascorso con Ryan. *Poi glielo avrebbe detto.*

Stava ripetendo quel mantra quando, poco dopo, lui la condusse verso il porticciolo sul retro, dove si trovavano i kayak. Legata al molo c'era una barca molto piccola, di metallo, dal fondo piatto e con un motore elettrico.

"Presto si farà buio, per cui ho pensato che potremmo andare in barca alla cascata. Così si fa un po' più in fretta. È tardi, per cui bisogna arrivare prima che si faccia troppo buio."

"Fantastico. Non vado per la laguna da quando andavo alle superiori. Ricordo che io e due mie amiche ci siamo divertite quando un lamantino ci ha inseguite."

"Ai lamantini piace la laguna. È probabile che ne rivedrai uno. La gente li adora."

Ryan le offrì un giubbotto di salvataggio in cui infilare le braccia. "La sicurezza prima di tutto," disse. Lei infilò le braccia nel giubbotto e lui glielo chiuse; per farlo, dovette avvicinarsi. Jillian lo osservò mentre allacciava le cinghie di sicurezza. Lui sorrise e, per un momento, lei pensò che l'avrebbe baciata. Ma poi, l'uomo indossò a sua volta il giubbotto, raggiunse la barca e le tese la mano.

"Pronta?" chiese.

Era una domanda a trabocchetto. Jillian era prontissima.

Navigarono nella laguna, con la luce screziata del sole che filtrava dalle chiome degli alberi. Alla fine, la pigra laguna si riversava nell'oceano, ma la parte migliore era la cascatella a metà del percorso. La piccola barca a vapore fece il viaggio molto velocemente, ma i due riuscirono a vedere un grosso lamantino che nuotava pigramente lungo il canale. "La barca ha un motore elettrico per evitare di nuocere agli animali. Le tartarughe di mare e i lamantini potrebbero correre grossi rischi se io navigassi velocemente per questa zona con un grosso motore tradizionale e non avessi il tempo di evitarli."

"Ma così è perfetto: la barca ti consente di spostarti velocemente, qualora sia necessario, e tiene anche al sicuro gli animali. Ah, che bellezza!" Jillian sussultò quando oltrepassarono un'ansa e lei vide la cascata. Ce n'erano molte, nella zona, soprattutto perché – a differenza di buona parte del territorio più pianeggiante poco lontano dalla costa – Windswept Bay era un'isola e aveva colline e vette molto alte, diversamente da altri luoghi lungo la costa della Florida. Certo, le cascate dell'isola non erano nulla rispetto a quelle delle grandi isole tropicali di altre zone. Ma erano comunque bellissime.

"Sono d'accordo. Sono felice che tu sia venuta," disse Ryan.

"Anch'io."

Le cascate erano tranquille, ma soprattutto aggiungevano uno sfondo molto romantico all'isola. E i picnic erano spesso un passatempo divertente per i turisti venuti per rilassarsi o per le coppie in luna di miele che volevano qualche ricordo speciale, nonché per gli isolani che apprezzavano quello che il territorio aveva da offrire. Era da molto tempo che Jillian non viveva nulla di tutto quello... non con un uomo, soprattutto. Non con un uomo speciale.

E Ryan era speciale. Jillian non riusciva a credere che l'ultima settimana l'avesse spinta a trascorrere del tempo con lui. Lei aveva i suoi problemi, ma aveva anche il forte sentore che Ryan se ne sarebbe andato via dall'isola e sarebbe tornato alla sua carriera, come aveva già fatto in passato.

"Sei molto silenziosa." Ryan attraccò e legò la barca al piccolo molo.

"Mi stavo chiedendo come tu stessi da quando sei arrivato qui. So che stai ancora affrontando la perdita di tua sorella e so che avevi dedicato la tua vita ad arrestare il traffico di droga. Ma come stai?"

Ryan assunse un'aria pensierosa mentre scendeva dalla barca e le tendeva la mano.

"Me la cavo bene. Mia sorella non meritava quello che le è successo. Ha fatto delle scelte sbagliate, le stesse che fanno molte persone giovani provenienti da ogni sorta di contesto sociale. È caduta preda degli avvoltoi. Credo che tutto questo sia diventato una specie di ossessione per me; non riesco a lasciar perdere. Il mio lavoro è stato… solitario, isolante, ma è anche gratificante quando aiuto a liberare la società da un altro farabutto."

Jillian lo fissò e avvertì un profondo senso di empatia. L'uomo aveva scelto di vivere per anni sotto copertura; non doveva essere stato facile.

Ryan prese il cesto e le fece strada verso una zona erbosa che veniva tenuta pulita per i picnic. L'uomo stese la coperta che si trovava in cima al cestino. Jillian si sedette al centro di essa e incrociò le gambe, guardandolo mentre lui si sedeva.

Non le pareva vero che ciò che aveva un tempo sognato stesse accadendo davvero. Era seduta lì e stava per fare un picnic con Ryan Locke. Le venne un groppo alla gola: quei sogni adolescenziali stavano diventando realtà, ma il momento si stava svolgendo all'interno di un contesto assai complicato. "Quando sarai soddisfatto?" Era una domanda improvvisa; Jillian osservò le emozioni alternarsi sul viso di Ryan, il suo sguardo farsi duro mentre lo distoglieva e osservava un'immagine remota che lui solo riusciva a intravedere in mezzo agli alberi. *Perché lei non si era goduta il momento invece di insistere?*

"Non lo so, Jillian. Non lo so." Ryan tornò a guardarla e sorrise mestamente. "Sono tornato qui per dare una mano a Jax e so di aver bisogno di una pausa. È stato il mio capitano a ordinarmelo. All'inizio non ero contento, ma ora mi rendo conto che era necessario. Credo che, a un certo punto, combattere stanchi troppo. Agire sul campo per un periodo così lungo ti fa perdere la prospettiva e i miei superiori temono che sia questo ciò che mi è successo. Quando tornerò, potrei avere solo un lavoro d'ufficio ad attendermi. Mi hanno praticamente detto in faccia che è ora che mi faccia una vita. Che mi crei un futuro."

"E tu che ne pensi?" Il cuore di Jillian aveva accelerato i battiti nel guardarlo, nell'ascoltarlo, e lei si chiese se c'era la possibilità che lui avrebbe ascoltato davvero la loro conversazione.

"Come ho già detto, mi trovo di fronte a un bivio. Non so cosa farò."

Anche lei era a un bivio e anche lei non sapeva che strada prendere.

Ryan tirò fuori un paio di bibite dal contenitore e gliene porse una: era la preferita di Jillian. Lei si chiese come facesse a ricordare un dettaglio così minuto, considerato che erano anni che non si trovavano a un raduno di famiglia. L'ultima volta, lei era stata solo una ragazzina; ma probabilmente, Ryan aveva sempre avuto buona memoria per i dettagli. E di certo questo gli era stato d'aiuto nel ruolo di investigatore sotto copertura, o come si diceva.

Ryan sorrise. "Sì, mi sono ricordato. Una volta sei venuta con me e Levi a fare la spesa per i vostri genitori. Avevamo organizzato un raduno al resort per il Ringraziamento e io ricordo di averti sentito dire che la Dr. Pepper era la tua bevanda preferita. Non sapevo se lo fosse ancora, dopo tutti questi anni, ma ho voluto correre il rischio."

Ecco la risposta alla sua domanda. Ryan si ricordava *davvero* quel dettaglio minuscolo. "Hai una memoria incredibile."

"Quest'anno, al raduno del Ringraziamento, ci sarò anch'io. Competerò assieme a Levi. Gareggeremo contro Trent e Jake, e credo che anche Max e Cam vorranno partecipare."

Jillian rise. "Wow, sarà proprio come ai vecchi tempi. Ci divertiremo un sacco. Dovremo inventarci qualcosa di nuovo."

Ryan bevve un sorso di coca. "Sono ansioso di vedere cosa tirerete fuori voi ragazze."

"Dubito che, anche se lo volessimo, riusciremmo a inventare qualcosa che potrebbe sorprendere voi maschi."

Jillian tornò seria. "Sai, tua sorella vorrebbe che tu vivessi appieno la tua vita. Detesto il fatto che tu sia stato praticamente costretto ad abbandonare quel compito al quale eri tanto devoto. Ma mi chiedo perché ti abbiano costretto a farlo. Alcune persone stanno sotto copertura anche più a lungo, se non erro."

"È vero. Io sono in licenza per motivi di salute. Non so se lo sapevi. Quando la mia copertura è saltata, mi hanno sparato, e mi è rimasto qualche strascico. Ho anche subito un brutto trauma cranico, soffro di mal di testa e ho qualche problema a dormire. C'è anche qualcos'altro, ma la sostanza è che la mia copertura è saltata dopo che ci sono stato immerso fin sopra i capelli e devo sparire per qualche tempo. Levi e io abbiamo discusso del fatto che potrei venire a lavorare qui. Credo che potrei fare del bene." Ryan la osservò.

Jillian rimase di sasso mentre le parole dell'uomo risuonavano in lei come un campanello d'allarme e, al tempo stesso, di gioia. "Ci sarebbe proprio bisogno di uno come te qui. Ma sei al sicuro?"

"Lo sono. Quando ero sotto copertura, portavo sempre barba e baffi. Anche se qualcuno sbucasse fuori dal mio passato, difficilmente riuscirebbe a riconoscermi." Ryan si diede da fare tirando fuori cose dal cesto.

Jillian avrebbe voluto prendersi a calci per aver cominciato quella conversazione e aver creato un'atmosfera tanto seria, quando loro due avrebbero potuto godersi il panorama e il tempo da trascorrere assieme. Era una scena romantica, e lei aveva aperto una porta sul lato più oscuro della vita di Ryan. Ma non riusciva a trattenersi: doveva capirlo. Allungò una mano e la appoggiò sopra quella dell'uomo.

"Forse i tuoi superiori hanno ragione. Forse è ora che tu ti faccia una vita. Ho come la sensazione che, non so perché, tu ascriva te stesso nella stessa categoria di... delle persone che mettevi dietro le sbarre."

Ryan le porse il panino incartato che aveva tirato fuori dal cestino. Subito, si passò una mano tra i capelli prima di alzarsi e avvicinarsi all'acqua.

"È vero," disse. "Ho combinato un disastro. Prima che la mia copertura saltasse, ho preso una decisione che mi ha fatto finire dritto in una trappola. Sono stato colto completamente alla sprovvista. Mi ero fidato di una persona che non meritava fiducia, ho abbassato la guardia e non mi sono reso conto che mi stavano tradendo. Mi ero avvicinato troppo a qualcuno che stavo cercando di aiutare. Ma lei mi si è rivoltata contro e io ho dovuto pagarne il prezzo. Nel mio mestiere, abbassare la guardia può significare morire. Io me la sono cavata, ma la ragazza che stavo cercando di aiutare, oltre a tradirmi… è morta nel fuoco incrociato."

"Oh, Ryan."

"Già. Brutta storia. Non ne ho mai parlato con nessuno. Non credo che riuscirò mai a perdonarmi. Marla era una giovane dolce e problematica, proprio come mia sorella, e io mi sono lasciato dominare dalle emozioni."

Jillian si alzò e, incapace di trattenersi, andò da Ryan e lo circondò con le braccia. "Non l'hai fatto di proposito. So che hai salvato delle vite nel corso della tua carriera, ma non puoi salvare tutti."

L'uomo si voltò e la guardò, tenendola delicatamente tra le braccia mentre lei lo osservava.

"Lo so. Ma è quello che vorrei fare."

Jillian non riuscì a trattenersi: sollevò le mani e le appoggiò sul viso di Ryan. Il suo cuore batteva all'impazzata; fu colta dalla convinzione che stesse guardando negli occhi un uomo che aveva un bisogno profondo di capire quanto valesse. "Non puoi. Ma puoi salvare qualcuno. E puoi fare la differenza. In entrambi i casi, Ryan, tu sei importante. Lo sei. E questo significa che meriti quantomeno la parvenza di una vita normale. Una vita felice. Non devi sempre fingere di essere una persona cattiva."

Gli occhi scuri di Ryan erano immobili.

Jillian fece un passo indietro. *Fino a che punto aveva dovuto spingersi Ryan per mantenere la finzione mentre era sotto copertura? Cosa aveva visto e fatto? Sarebbe riuscito ad adattarsi a una vita normale?*

"Lo so," mormorò lui. "Ma è difficile da accettare."

"Sono convinta che tu sia in grado di farlo, perché ti conosco da anni. Lo sai perché eri il fulcro di tutte le mie infatuazioni e cotte adolescenziali e godevi della mia adorazione completa e totale?"

Quelle parole lo fecero sorridere. "No, non lo so."

"I miei fratelli sono fantastici e avevano un sacco di amici, per cui da piccola ho conosciuto molti ragazzi. Ma tu, Ryan, sei sempre stato gentile con me. Prendevi sempre le mie parti o quelle delle mie sorelle e io sapevo che avrei sempre potuto contare su di te. Non è colpa tua se avevo una cotta per te, così come non è stata colpa tua se ti sono saltata addosso la sera del ballo. Essere un uomo fantastico ha il suo prezzo." Jillian inclinò la testa e sorrise un poco. "Sì, sono ancora mortificata e lo sono stata al punto da arrabbiarmi con te. Ho sbagliato, ma tu non lo hai fatto quando ti sei comportato da uomo buono, gentile e affettuoso. Mi stupisce che altre ragazze non si siano mai buttate ai tuoi piedi."

"No, nessuna ha mai fatto quello che hai fatto tu," disse lui; Jillian vide quella luce stuzzicante tornare nei suoi occhi.

Sopraffatta, si voltò. Il suo cuore tuonava e le sue ginocchia minacciavano di piegarsi. Capì che amava Ryan Locke.

Allontanatasi, si lasciò cadere sulla coperta e

guardò nel cestino da picnic; aveva bisogno di tenersi occupata mentre i suoi pensieri mulinavano. Mentre assimilava la verità. Quella che provava non era semplicemente una cotta adolescenziale risalente ad anni prima, ma un'emozione reale per l'uomo che Ryan era stato e per quello che era diventato. Un nemico devoto dell'ingiustizia con un cuore enorme. Jillian rimase sconcertata da quella rivelazione. Tanti anni prima, si era innamorata di un giovane buono, gentile, retto. E dalle sue parole e dal suo atteggiamento commovente nei confronti di ciò che aveva passato, sapeva che Ryan era ancora quella persona. Un uomo degno di essere amato... *Ma cosa significava questo per Jillian?* Non avrebbe avuto nulla da offrirgli se Ryan si fosse innamorato di lei.

Jillian chiuse gli occhi mentre tutto ciò che aveva temuto le ricadde sulle spalle.

CAPITOLO OTTO

Il giorno prima della riunione per il Ringraziamento, Jillian e le sue sorelle erano prese dagli ultimi dettagli. Jillian era stata tremendamente impegnata dopo quell'uscita nella laguna con Ryan. Nessuno pareva accorgersi che era a tratti distratta e ciò era un bene. Shar era impegnata all'Ospedale delle tartarughe; Cali aveva di nuovo Grant a casa e altro a cui pensare. Mentre Olivia e BJ stavano cominciando a chiedersi quando avrebbero trovato il tempo per sposarsi. Tutti erano impegnati con le loro vite private e, al tempo stesso, con la conduzione del resort e i preparativi per il Ringraziamento. Nessuno notò come Jillian si fosse chiusa in se stessa. Persino Blair pareva avere di che pensare da quando Jax era tornato a casa, dunque lei non doveva temere intrusioni nemmeno da parte della sua amica. Ma per quanto fosse preoccupata riguardo al da farsi con Ryan e all'avere dei figli, persino lei notò che Blair non era in sé. La giovane era un fascio di nervi, e Jillian si chiese cosa ci fosse sotto.

Avrebbe potuto vedersi costretta a chiederglielo… ma no, non erano affari suoi.

Quel giorno, tutti erano in spiaggia e stavano lavorando sodo.

Jillian e le sue sorelle stavano aiutando a preparare la zona che sarebbe stata dedicata ai bambini, con giochi e attività. La mente di Jillian continuava a correre a Blair, che quel giorno si era data malata.

"Ah, guarda che bello," esclamò Olivia mentre faceva un passo indietro per guardare lo striscione che Max e BJ avevano appena appeso.

"È vero," concordò lei mentre guardava il simpatico disegno in cui due tacchini invitavano i bambini a entrare. Nel resort ferveva l'attività e l'intera famiglia era coinvolta nei preparativi per la festa sulla spiaggia. Era prevista una forte presenza: molti dei visitatori del resort erano già stati sull'isola nel Giorno del Ringraziamento ed erano tornati al solo scopo di partecipare all'evento.

Jillian si concentrò sul creare una festa che avrebbe fatto sorridere tutti coloro che avrebbero festeggiato e mangiato con loro sulla spiaggia. Evitò di pensare a Ryan. Anche lui era stato molto occupato da quando erano usciti nella laguna e non l'aveva più chiamata, né era passato a trovarla.

L'ultima parte della loro uscita era stata piacevole, ma... inamidata. Per quanto la riguardava, Jillian sapeva che ciò era accaduto perché era stata sopraffatta dalla consapevolezza che amava Ryan e del significato che essa aveva per lei. Ma non sapeva perché l'uomo si fosse fatto taciturno. *Lo aveva forse spinto ad aprirsi troppo riguardo ai suoi problemi?*

Cali passò a trovarla mentre Jillian stava preparando il gioco delle mele nell'acqua. "Quella di quest'anno sarà una festa fantastica. So che la comunità è entusiasta. Sono proprio felice che mamma e papà abbiano dato inizio a questa tradizione quando eravamo piccole."

"Anch'io," esclamò Shar dal punto in cui, assieme ai suoi colleghi dell'Ospedale delle tartarughe, stava installando degli acquari portatili che avrebbero messo in mostra alcuni degli inquilini permanenti dell'ospedale. "E noi siamo felicissimi di poter aggiungere una sezione dedicata alle tartarughe di mare. I bambini le adoreranno."

Jillian era d'accordo. "L'idea di portare qui le tartarughe è stata ottima. Aggiunge qualcosa in più a questo splendido evento."

"Non vedo l'ora di avere un figlio mio con cui festeggiare." Cali sorrise radiosa. "Sono davvero pronta a…" Impallidì e incrociò lo sguardo di Jillian. "Volevo dire…"

Jillian si rese conto che sua sorella aveva paura a parlare di bambini per premura nei suoi confronti. "Va tutto bene, Cali. Anch'io spero di avere un figlio presto. E, se non altro, sono pronta a diventare zia. Non dispiacerti perché vuoi diventare madre. Non a causa mia."

"Lo so, ma non riesco a non soffrire per te…"

"Ti ringrazio, ma non farlo, per favore. Vuoi avere un bambino presto?"

"Jillian," chiamò Shar. "Sei una sorella dolcissima. E sappi che non ti abbiamo ancora data per spacciata."

"Nemmeno io," disse Jillian.

"Gage non vede l'ora di avere dei figli, per cui Cali dovrà sbrigarsi per batterci sul tempo. Ma chissà chi ce la farà per prima?"

"Noi ci stiamo provando." Cali sorrise. "Ma finora non è successo. Forse riusciremo ad avere un figlio entro il prossimo Ringraziamento."

"La mamma sarà entusiasta quando avrà finalmente un nipotino." Jillian cercò di sorridere. Nonostante ciò che aveva appena detto alle sue sorelle, le costava fatica ignorare la consapevolezza che, forse, non avrebbe mai avuto un figlio; ma era decisa a concentrarsi sulla possibilità di adottare.

"Jillian, vieni qui, per favore," chiamò Trent, dal punto in cui lui e Jake stavano costruendo una parete per arrampicate. Entrambi i suoi fratelli lavoravano a torso nudo e attorno a loro si era formato un discreto pubblico femminile. Erano entrambi in forma smagliante e molto sviluppati, grazie agli anni trascorsi nell'Esercito.

"Ops. Torno subito," disse lei, sollevata di poter abbandonare la conversazione. "Voi andate pure avanti."

Attraversando la sabbia, raggiunse Trent. "Che posso fare per voi?" chiese.

"Hai detto che volevi mettere qualcosa qui?" Trent fece dei movimenti circolari con le mani, flettendo i muscoli, e Jillian udì alcune esclamazioni sognanti provenire dal pubblico adorante. Trent sorrise nella direzione delle donne.

"Sì, delle piante. Voglio aggiungere un po' di verde attorno a questi ostacoli, per darvi qualcosa in più da saltare. Così lo spettacolo sarà migliore per le vostre ammiratrici."

Max parve dubbioso. "Quali ammiratrici?"

"Ah, sai benissimo di chi sto parlando."

Trent sorrise. "È dura, sai."

"Come no. Durissima." Jillian rise, ripensando a

un tempo in cui era stata lei quella in disparte, che ascoltava le sue amiche e le ragazze più grandi ammirare i suoi fratelli maggiori mentre, in segreto, lei ammirava Ryan.

"Ho preparato tutto laggiù." Indicò una zona dov'erano accumulati dei materiali. Là c'era una fila di vasi contenenti degli arbusti. "Piantate i vasi nella sabbia; li toglieremo venerdì. Sono solo per estetica."

"Per tormentarci, vorrai dire," la corresse Max.

"Ah, giusto. Vi toccherà fare del lavoro extra. Per non parlare del fossato con l'acqua. Ma è tutto per una buona causa: non dimenticate che voi uomini raccogliete ogni anno parecchi soldi."

Soccorritori, militari, vigili del fuoco, poliziotti: tutti adoravano la gara di corsa a ostacoli. L'obiettivo era la beneficienza: la quota di iscrizione e le donazioni raccolte durante la giornata sarebbero state devolute ai banchi alimentari locali.

"Gli spettatori saranno occupati ad ammirare i nostri scontri o a ridere per le nostre figure da idioti." Trent ridacchiò.

Max sorrise. "Nel corso degli anni, c'è stato

qualche scontro nei fossati con l'acqua."

"Dubito che la situazione cambierà," disse Ryan da dietro le spalle di Jillian.

Lei si voltò e vide che l'uomo si stava avvicinando, portando con sé un telo cerato. Il suo cuore prese a saltellare.

Ryan la guardò. "A proposito di fossati, siamo venuti a costruirne uno al solo scopo di farci la lotta dentro." Le sorrise. "Levi non è riuscito a venire. Il dovere lo ha chiamato, per cui mi ha chiesto di riferirti questa proposta. È da tutto il giorno che non ho niente da fare; da quando Jax è tornato in paese, è lui a occuparsi della Lagoon."

"Certo." Jillian fece strada fino ai paletti che delineavano quello che sarebbe divenuto il fossato. "Grazie per aver portato il telo." Si sentiva in forte imbarazzo. Non sapeva cosa fare o cosa volesse.

"È un piacere," disse Ryan. "Come va? Ho pensato molto a te."

"Spero che ti sia divertito in questo giorno libero. Anche io ti ho pensato," disse lei, non riuscendo a negare la verità.

"Non è malaccio." Ryan si guardò attorno. "Vedo che tutti si stanno dando da fare. Vuoi aggiungere questo al percorso a ostacoli?"

"Certo." Jillian sapeva che i suoi fratelli li stavano fissando, e anche le sue sorelle. Le ragazze sapevano che stava succedendo qualcosa, ma i suoi fratelli avevano il sospetto di cosa stesse bollendo in pentola tra lei e Ryan?

Lui le sorrise mentre Jillian gli camminava accanto, diretta verso i paletti. "Stavo pensando a quello di cui abbiamo parlato l'altro giorno. Per due notti di fila, ho dormito un po' meglio di quanto non mi capitasse da molto."

Si fermarono accanto a uno dei paletti. Le farfalle si stavano riproducendo come conigli nel petto di Jillian. "Sono felice per te. Davvero. Hai delle decisioni da prendere e io spero di poterti essere in qualche modo d'aiuto."

"Lo sei già stata. Ora, come lo vuoi il fossato? Sono anni che non vedo una delle vostre corse a ostacoli. Farò meglio a prendere una vanga."

"Sì, credo che dovresti prenderne una e farti

aiutare da qualcuno dei miei fratelli, perché non ha senso che tu faccia tutto da solo. E poi, così facendo il pubblico avrebbe qualcos'altro da guardare. Se ti togliessi la maglietta come hanno fatto Trent e Max, probabilmente la folla aumenterebbe."

"Mi accontenterei di aggiungervi una persona sola. Ti andrebbe di far parte del gruppo?"

Jillian rise. "Ho cose più importanti da fare che guardare un gruppo di ragazzi che flettono i muscoli sotto il sole."

"Mi sento un po' deluso." Ryan rise e andò a raggiungere il resto del gruppo.

"D'accordo, omaccioni," esclamò Jillian, rivolta ai suoi fratelli. "So che pensavate che avrei fatto scavare il fossato soltanto a Ryan, ma non è così. Sapete tutti dove sono le vanghe." Si rivolse poi alle donne in costume da bagno. "Tornate domani per il pranzo del Ringraziamento. Chiunque può partecipare e il percorso a ostacoli è il clou dell'evento. Tutte le donazioni saranno devolute a beneficio della comunità. Gli uomini si daranno battaglia lungo il percorso; è sempre uno spettacolo divertente. Che ne dite?"

Scoppiò un applauso scrosciante, mescolato a qualche fischio e a qualche esclamazione; Jillian ammiccò ai suoi fratelli e a Ryan. "Contenti, ragazzi? Ora mettetevi al lavoro."

Ryan grugnì. "Grazie, eh."

"Prego. Ricorda: è per una buona causa." Jillian rise e tornò alla zona bambini. Avrebbe dovuto concentrarsi per non diventare una delle fangirls adoranti che guardavano Ryan.

Ma un'occhiatina di quando in quando poteva anche essere accettabile.

Cali, Olivia e Shar la guardarono mentre si dirigeva verso di loro.

"Dunque," disse Cali. "È così che stanno le cose."

"Ah-ah." Shar sorrise da un orecchio all'altro. "Non c'è nemmeno bisogno che parli. Ce l'ha scritto in faccia."

Olivia si limitò a sorridere. "Credo che domani e le prossime settimane saranno uno spettacolo divertente. Chissà cosa accadrà alla nostra tranquilla Jillian."

Jillian si sentì avvampare. "Sono nei guai. Non gli

ho detto nulla. Potrebbe andarsene."

Shar si mise una mano sul fianco e inclinò la testa. "Ma potrebbe anche restare."

Ed era proprio quello il problema. Jillian doveva dirglielo.

Jillian era troppo impegnata a pensare a qualcosa che non fossero il pranzo e la festa del Ringraziamento, e ciò era un bene. Dovette mettere in sospeso la sua vita privata – tutta quanta – per gestire la giornata. Aveva faticato molto a dormire, la notte prima, ma era riuscita a chiudere occhio per qualche ora ed era arrivata presto per dare una mano in cucina e ovunque ci fosse bisogno.

Gli chef del resort avevano preparato un'enorme quantità di tacchino e di piatti assortiti, e avrebbero continuato a cucinare a seconda delle esigenze. Il resort applicava una tariffa simbolica per il pranzo, al fine di coprire le spese, ma faceva in modo che chiunque volesse venire fosse in grado di farlo. Nessuno era costretto a trascorrere il Ringraziamento da solo, se non voleva. Era con quel principio in mente che i genitori di Jillian avevano dato inizio alla tradizione; e ora, erano lei e le sue sorelle a portarla avanti.

La gente era arrivata da ogni angolo e le vendite dei biglietti erano andate molto bene; il resort in sé era pieno. La festa per i bambini piccoli era stata aggiunta quando Jillian, i suoi fratelli e le sue sorelle erano giovani, e faceva attrazione a sé. Alcune famiglie partecipavano tutti gli anni, a mo' di tradizione.

All'arrivo di Ryan, Jillian stava parlando con una coppia di anziane vedove che da anni trascorrevano la notte al resort. Patsy e Francine erano molto attive e avevano preso in simpatia Jillian fin dalla loro prima visita, circa quattro anni prima. Probabilmente perché lei si era seduta a mangiare con loro.

Francine aveva passato gli ottant'anni, ma era ancora un'avida giocatrice di golf e adorava provocare. Diede di gomito a Jillian quando Ryan attraversò la folla e si diresse verso di loro.

"Ma tu guarda che bel giovane. Oh, Jilly, sta venendo qui; comportati normalmente," disse, usando il nomignolo con cui le due donne avevano cominciato a chiamare Jillian anni prima.

"E come dovrei comportarmi?" Certo, la sua pressione sanguigna era schizzata alle stelle, ma lei non intendeva certo farlo sapere a Francine o a Patsy.

"Oh," mormorò sottovoce Patsy mentre si sistemava gli occhiali. "È proprio un bel Marcantonio."

"Manzo, Patsy. Non si dice più così. Si dice 'manzo'."

L'altra donna, più giovane di un decennio, si accigliò. "Beh, io dico quello che mi pare. È un Marcantonio. Tu lo conosci, Jilly? Ti ha adocchiata."

"Come un missile a ricerca," aggiunse Francine, dandole di nuovo di gomito quando Jillian non rispose.

"Sì, lo conosco."

"Beh, la cosa promette bene," disse Patsy.

Gli occhi di Ryan brillavano, illuminati dal suo sorriso. "Salve," disse a lei, per poi sorridere alle sue amiche. "Io sono Ryan. Non credo che ci conosciamo."

"Francine. E lei è Patsy," disse Francine.

"Lei gareggia?" chiese Patsy.

Francine si avvicinò a Jillian e mormorò: "Lo

spero.”

Ryan la sentì e ridacchiò. “Sì, anche se è da parecchio che non lo faccio. Sarà divertente.”

“Non credo di averla mai vista prima d’ora.” Patsy rivolse un’occhiata complice a Jillian. “Dunque conosce la nostra Jilly?”

“È una ragazza fantastica,” disse Francine.

“Sì, ci conosciamo da parecchio tempo.”

“Davvero? Allora cosa aspetta?” chiese Patsy.

“Prego?” domandò Ryan. All’improvviso, Jillian si sentì molto a disagio. Come se avesse la sensazione che stesse per venirle una brutta influenza, o qualcosa di simile.

“Jilly le piace,” esclamò bruscamente Francine.

Ryan incrociò lo sguardo di Jillian. “Sì, signora.”

Patsy si sistemò nuovamente gli occhiali, che le erano scivolati lungo il naso. “Sì, quegli occhi non mentono. Allora com’è che non ha ancora fatto di lei una donna onesta?”

Jillian sussultò. “Ragazze, noi non–”

“Già, perché?” la interruppe Francine.

Jillian balbettò. “Io e lui… d’accordo, aspettate un

attimo," disse in tono perentorio mentre si riprendeva. "Andate a mangiare un po' di tacchino, seminatrici di zizzania che non siete altro."

Ryan sorrideva da un orecchio all'altro e Jillian vide che stava trattenendo una risata.

Francine squadrò l'uomo dalla testa ai piedi. "D'accordo. Ma si ricordi, bellezza, che abbiamo visto come la guardava."

"Il tempo passa. Si figuri se non lo sappiamo noi," aggiunse Patsy. "Entrambe abbiamo avuto l'amore e l'abbiamo perso. Ma ce lo ricordiamo."

Ciò detto, le due anziane se ne andarono.

"Hai delle amiche simpatiche," disse Ryan. "Cercano spesso di accoppiarti?"

Jillian si morse il labbro. "A dire il vero, no. Questa è stata la prima volta."

"Oh," disse lui. "Beh–"

"Amano prendere in giro la gente. Fin troppo. Ma sanno riconoscere un brav'uomo quando lo vedono. Sono felice che tu sia qui. C'è moltissima gente."

"Questo è vero. Mi dispiace di essere un po' in ritardo."

Jillian ridacchiò. "Se fossi arrivato prima, forse ti avrebbero molestato anche di più. Abbiamo appena cominciato a mangiare, per cui vai a salutare mamma e papà: di sicuro vorranno rivederti. Poi prendi un piatto. Sarà meglio che mangi presto, prima che abbia inizio la gara."

Ryan annuì e si guardò attorno. "Wow, Jillian, è davvero pieno di gente. È incredibile. E guarda i tuoi genitori: sono felicissimi. Questo è proprio il loro elemento."

"Sì. Per loro, questa è una visione che si realizza." Gli occhi di Jillian si riempirono di lacrime. "E dimostra cosa possa fare una piccola idea. Vederli mi rende felice."

Ryan la stava osservando. "Ma certo. E si addice molto anche a te."

Era vero. "È una gioia incontenibile."

"Sono lieto di poterne far parte, quest'anno." Poi Ryan tornò serio e si guardò attorno, osservando i bambini che correvano e ridevano. "Ho trascorso molti Giorni del Ringraziamento qui, quando papà lavorava. Sono molto felice e rendo grazie per il fatto di poter essere parte di tutto questo."

"Anche io sono felice che tu sia qui. Dov'è tuo padre, oggi? Ancora a pescare?"

"Sì. Mi ha chiamato per dirmi che ha un altro gruppo di turisti da scarrozzare. Gli piace moltissimo. Sono felice che si stia divertendo: è a questo che serve la pensione."

Jillian lo guardò di sbieco. "Parla quello che non sa quando fermarsi."

Ryan si rabbuiò. "Giusto. Ma imparo in fretta."

"Davvero?"

L'uomo annuì e avvicinò il viso al suo. "Quando voglio davvero qualcosa, so cambiare."

Un brivido percorse Jillian e il fiato le si mozzò, proprio mentre lui sorrideva e poi si allontanava.

La stretta al cuore era tale da farle male.

Jillian augurava a Ryan un bene immenso. Voleva che lui fosse libero dalla falsa convinzione che lei temeva avesse fatto propria, secondo la quale non meritava nemmeno qualche piacere semplice.

Stava ancora girovagando a salutare gli ospiti quando Ryan tornò, qualche minuto dopo, e la prese sottobraccio.

"Andiamo a mangiare qualcosa." La prese per mano e la strinse forte. Jillian aveva una fame da lupi mentre lui la tirava dolcemente verso il cibo. "Hai lavorato come una schiava; ora meriti di mangiare anche tu qualcosa."

L'uomo continuò a tenerla per mano mentre si recavano ai tavoli col cibo; dopo che ebbero riempito i piatti, lui le fece strada verso il tavolo e insieme si strinsero accanto ai fratelli e alle sorelle di Jillian.

Blair era un po' pallida, ma sorrideva, e lo stesso valeva per Jax.

"Vorrei fare un annuncio." Jax guardò prima Ryan, poi tutti gli altri. "Ho appena chiesto a Blair di sposarmi."

Piovvero congratulazioni da tutte le parti. Jillian si alzò dalla sedia e andò ad abbracciare Blair.

"Sono entusiasta per te. Sapevo che te lo avrebbe chiesto presto."

Anche Ryan andò ad abbracciare la ragazza, per

poi dare una pacca sulla spalla a Jax. "È fantastico."

"Grazie a tutti," disse Jax. "Era da un pezzo che ero pronto a fare questo passo. E ora Blair ha detto di sì. Sono l'uomo più fortunato al mondo. Ma c'è dell'altro: avremo un bambino."

Le congratulazioni ripresero. E Jillian abbracciò ancora una volta Blair; ora capiva perché la sua amica fosse mancata dal lavoro per alcuni giorni e come mai fosse stata così taciturna nei giorni precedenti il ritorno a casa di Jax. Era preoccupata.

Blair aveva le lacrime agli occhi. "L'ho scoperto solo la settimana scorsa ed ero preoccupatissima," mormorò a Jillian. "Ma Jax è al settimo cielo. E mi ha chiesto subito di sposarlo."

"Non dovete preoccuparvi. Questo bambino saprà di avere due genitori che gli vogliono o che le vogliono bene."

Blair annuì e si portò una mano al ventre. "Sì. Con tutto il cuore."

Le parole del medico risuonarono nella mente di Jillian come avevano fatto quella mattina. *"La possibilità che tu concepisca un figlio diminuirà considerevolmente nei prossimi due anni. Se vuoi avere un'occasione, non dovresti aspettare."*

Più tardi, mentre diceva a se stessa che era felice per Blair e non invidiosa – magari giusto un po' intristita, ecco – Jillian andò a prendere il suo posto alla festa dei bambini. Si posizionò vicino al gioco delle mele nell'acqua e aspettò che i bambini piccoli venissero a tentare la fortuna prendendone una con la bocca. Per fortuna, c'erano così tanti bambini che lei non riuscì a concentrarsi sui suoi problemi mentre li aiutava a divertirsi. E poi arrivò Ryan, sorridendo e ricordandole ancor di più ciò che voleva e che aveva paura di chiedere. Di sperare. Di sognare.

"Serve una mano?" chiese l'uomo.

"Certo," rispose lei, sforzandosi di sorridere.

Prima che lei potesse dire altro, il ragazzino che aveva osservato per un po' le mele sollevò lo sguardo su Ryan e sorrise. Gli mancava un dente davanti e aveva delle lentiggini sulle guance; dimostrava circa quattro anni. Sua madre era in disparte con una macchina fotografica, aspettando di poterlo fotografare quando finalmente si sarebbe deciso a infilare la testa nell'acqua per prendere una mela.

"Ehi, signore, tu sei capace?" chiese il bambino, guardando Ryan con gli occhi semichiusi.

Ryan ridacchiò. "È da un pezzo che non lo faccio, ma posso provarci. Hai bisogno che ti faccia vedere?"

Il ragazzino annuì. "Per favore." La sua gioia e il suo entusiasmo erano evidenti dal suo tono di voce e dagli occhi spalancati.

Ryan non esitò a inginocchiarsi nella sabbia e a sollevare una mano. "Dammi il cinque," disse.

Subito il ragazzino schiaffeggiò la mano di Ryan con la sua, piccolina, ed esclamò: "Ce la puoi fare!"

Ryan rise. "Come ti chiami?"

"Kevin Donald Price," dichiarò orgogliosamente il ragazzino.

"Kevin Donald Price. È un nome grosso per un bambino piccolo." Ryan sorrise e Kevin si illuminò in viso.

"Puoi chiamarmi Kevin. Tutti i miei amici lo fanno."

"Beh, Kevin, si parte." Ryan afferrò il bordo del catino metallico contenente le tre grosse mele rosse; poi ammiccò a Kevin e infilò tutta la testa nel contenitore.

Kevin, che era molto piccolo, rise e saltellò allegramente. Il suo entusiasmo era contagioso: altri ragazzini si radunarono mentre Ryan tirava la testa gocciolante fuori dall'acqua e la scuoteva con forza, come avrebbe fatto un cane bagnato. L'acqua schizzò dappertutto, inzuppando il ragazzino e chiunque ci fosse nei paraggi. I bambini lanciarono grida di gioia.

Poi Ryan assunse un'aria confusa. "Ho mancato la mela?"

Seguirono altre risate. Kevin indicò col dito. "Sì, non ne hai presa nemmeno una."

"Ma puoi riprovare," disse una bambina in tono incoraggiante.

Non volendo farsi battere come tifoso, Kevin si avvicinò. "È vero. La mia mamma dice che non bisogna mai arrendersi."

"Ha ragione," confermò Ryan.

Jillian si sciolse alla vista della dolce espressione

di Ryan e del modo in cui questi trattava il ragazzino e gli altri bambini. Il suo cuore sospirò. *Kevin sarebbe un ottimo padre.*

Altri bambini vennero a guardare l'uomo mentre faceva lo sciocco e ce la misero tutta per aiutarlo a trovare un modo per prendere la mela tra i denti. Alla fine, proprio quando i bambini parvero convinti che non avrebbe mai imparato, l'uomo afferrò una mela e si alzò tenendola tra i denti.

Felicissimi, i bambini applaudirono e saltellarono. Jillian rise nel guardarli e, in quel momento, si sentì talmente attratta da Ryan che per poco non gli buttò le braccia al collo e non gli disse che lo amava. *Già fatto.* Per fortuna riuscì a trattenersi e rimase dov'era.

L'uomo si passò una mano tra i capelli bagnati e sorrise ai bambini. "D'accordo, è ora che ci proviate voi marmocchi. E spero che ci riuscirete meglio di me."

Ryan aveva reso possibile persino al bambino più goffo del mondo superarlo. I ragazzini riuscirono tutti a mordere una mela al massimo dopo sei tentativi. Ryan rimase nei paraggi a incoraggiarli uno per uno.

Prima che se ne andassero, i ragazzini lo conoscevano per nome e lo stesso valeva per lui.

Più in là lungo l'area degli intrattenimenti, un certo entusiasmo proveniva dalla zona della vasca splash; Jillian vide che Jake era seduto, mentre Trent si preparava a lanciare un pallone da basket contro il bersaglio.

Anche attorno a suo fratello si era radunata una folla; semplicemente, nel suo caso si trattava di donne e non di bambini. E Ryan, che avrebbe facilmente potuto essere là a rivaleggiare coi fratelli di Jillian, aveva scelto di intrattenere dei bambini. Era perfetto.

CAPITOLO NOVE

Poco dopo, con il megafono, il padre di Jillian invitò i partecipanti al percorso a ostacoli a disporsi lungo la linea di partenza.

"È giunto il mio momento," disse Ryan. "Farai il tifo per me?"

"Ma certo."

"Allora vincerò."

Lei lo guardò con aria preoccupata. "Sei sicuro di farcela? Non sei ancora convalescente?"

"Sto abbastanza bene. Ci vediamo al traguardo."

Jillian lo guardò allontanarsi; l'amore si gonfiò

dentro di lei, fino a farle dolere il cuore.

Poco dopo, a bordocampo, la folla esultò mentre gli uomini si allineavano. Levi e Ryan erano legati assieme da una corda attorno alla vita, proprio come i membri delle altre squadre. La corda aveva lo scopo di ostacolarli e rendere più divertente la sfida.

Il padre di Jillian segnalò l'inizio della gara sventolando una bandierina e gli uomini si diedero da fare. Si levarono grida di esultanza quando gli uomini corsero verso il primo ostacolo, dove furono costretti a strisciare sotto una rete di corde in stile militare. Levi arrivò con un attimo di anticipo rispetto a Ryan e si lasciò cadere in ginocchio, trascinando immediatamente Ryan con sé. Colto alla sprovvista, Ryan cadde come un sacco di patate e scoppiò subito a ridere.

"Levi, per la miseria, fa' il bravo. Mi stai ammazzando." Poi si mise a ridere più forte e iniziò a strisciare, perché Levi aveva subito ricominciato a muoversi.

Anche Jillian scoppiò a ridere; era bello vedere Ryan rilassarsi e divertirsi tanto.

Quando i due oltrepassarono il primo ostacolo, Trent e Max li avevano superati e diverse altre squadre – tra cui Jake e Gage, Cam e Grant, e BJ e Jax – li tallonavano. Ryan e Levi arrivarono al muro; la corda che li legava rendeva molto difficile la sfida, perché i due dovevano coordinarsi. Ma Ryan e Levi erano stati partner per anni prima che Ryan partisse e i loro successi passati entrarono in gioco quando raggiunsero il muro, contarono rapidamente fino a tre e balzarono per afferrare il bordo. Ce la fecero, scalciarono e scavalcarono il muro prima di tutti gli altri.

Una dopo l'altra, le squadre oltrepassarono l'ostacolo e corsero dietro a Levi e Ryan. Trent e Max non vollero saperne di cedere il vantaggio e si tuffarono nel fossato quasi contemporaneamente agli altri due.

Levi e Ryan oltrepassarono ciascun ostacolo all'unisono, lavorando in squadra in modi di cui gli altri non erano capaci. Era evidente che erano una squadra perfetta.

Arrivarono alla zona della corsa nei copertoni, oltrepassandola come avevano fatto quando, una volta, avevano concluso l'ultima gara del campionato di corsa a staffetta.

Jillian vide il piccolo Kevin fare un tifo indiavolato per Ryan. E quando i due raggiunsero l'ultimo ostacolo, strisciando sul ventre attraverso la sabbionaia allagata, erano alla pari di Max e Trent. Kevin corse fino alla sabbionaia e gridò: "Forza, Ryan! Forza! Non arrenderti."

Ryan lo sentì e si guardò alle spalle. Sorrise, abbassò la testa e oltrepassò tutti. Levi tenne il suo passo e, insieme, i due uscirono dalla sabbionaia e corsero fino al traguardo. Tutti esultarono; Kevin uscì di corsa dalla folla e afferrò Ryan per le gambe, abbracciandolo. Subito Ryan lo sollevò e se lo mise in spalla.

Sì. Jillian lo amava.

Lo amava tanto da essere sul punto di scoppiare.

Tutti gli uomini si stavano dando il cinque, compresi i suoi nuovi cognati e colui che lo sarebbe presto diventato. Pur non avendo mai partecipato alla sfida in passato, Grant, BJ e Gage avevano fatto coppia coi suoi fratelli e se l'erano cavata bene. Cali, Olivia e

Shar corsero ad abbracciare i loro uomini e a consolarli con dei baci per la loro sconfitta. Jillian si avviò lentamente verso Ryan. Trattenendo quel bisogno innaturalmente forte di saltargli addosso, che a occhio e croce la affliggeva da buona parte della sua vita, contenne l'entusiasmo.

"Ehi, Kevin, adesso ti lascio tornare dalla tua mamma. Ma tu vieni pure a trovarmi alla laguna, d'accordo?"

Kevin accettò e corse a dire tutto a sua madre. Subito Ryan afferrò Jillian per la vita, la attirò a sé e la baciò.

Le labbra calde dell'uomo si mossero contro le sue... e, oh, che bacio che fu. Nel bel mezzo della folla, tra l'altro.

Jillian si sciolse contro Ryan, rapita dalle emozioni che la attraversavano. Era senza fiato quando lui la lasciò andare.

"Avevo dimenticato quanto fosse divertente quella gara. L'intera giornata è fantastica e anche tu lo sei, Jillian." Poi Ryan la prese per mano e la portò lontano dalla folla e lungo il sentiero che conduceva verso l'acqua.

Lei non sapeva cosa stesse accadendo, ma andò comunque. Lontano dalla folla festante, l'atmosfera era più tranquilla.

"Voglio stare da solo con te per un po'," disse Ryan. Poi, quando arrivarono sul bordo dell'acqua, sorrise. "Dammi un momento, d'accordo?" Si voltò verso l'acqua, ma poi si girò nuovamente. "Non andare da nessuna parte. Mi sciacquo solo dalla sabbia." Poi rise e, raggiunto di corsa il bagnasciuga, si tuffò in acqua.

Jillian non sarebbe riuscita a muoversi nemmeno se avesse voluto farlo. Ryan riemerse, radioso come un faro, e tornò da lei. Uscì di corsa dall'acqua e non esitò mentre le prendeva la mano.

"Jillian, ho intenzione di accettare il lavoro che mi ha offerto Levi, e la ragione sei soprattutto tu. Voglio starti vicino. Voglio…" Fece una pausa e le prese il volto tra le mani, in modo simile a come aveva fatto lei nel corso di quei momenti trascorsi vicino alla cascata. Dal canto suo, Jillian aveva smesso di respirare nell'attimo in cui lui le aveva detto che avrebbe accettato il lavoro offertogli da Levi. Ora le sue ginocchia si tramutarono in gelatina.

"Voglio te. Ti amo, dolcezza. Non sarei riuscito a resistere un istante di più senza dirtelo."

Jillian rimase di sasso e per poco la gioia non le fece scoppiare il cuore. Aveva sperato di sentire quelle parole per buona parte della sua vita. Fissando Ryan in quegli occhi così sinceri e ipnoticamente convincenti, sorrise e fece per parlare. "Io… io–" *Ti amo anch'io e ti voglio più della vita,* gridò il suo cuore. Ma le parole le morirono in gola. *Come aveva potuto lasciare che tutto ciò accadesse?*

Sapeva che era doveroso informare Ryan della sua mancanza di prospettive dal punto di vista famigliare. Lui avrebbe meritato di saperlo prima di innamorarsi di lei. Ma nel profondo del suo cuore, Jillian non aveva mai davvero creduto che ciò fosse possibile. Né che Ryan sarebbe rimasto a Windswept Bay. E ora lui le stava dicendo di aver scelto lei.

"Non riesco a crederci," mormorò Jillian, la voce poco più di un sussurro mentre si staccava.

Lo sguardo dell'uomo si rabbuiò. "Che vuoi dire?"

Le tremavano le mani mentre si scostava i capelli dal viso. La brezza sollevava lunghe ciocche e gliele gettava in faccia. *Come descrivere il suo problema?* "Avrei dovuto dirti una cosa, ma non avrei mai pensato che mi avresti detto quelle parole… mai."

"Quali parole?" chiese lui, l'espressione palesemente confusa.

"Che mi ami. Io potrei non essere in grado di avere figli, Ryan. E tu meriti dei figli. Mi dispiace. Non posso… non ce la faccio. Non è giusto." Jillian cominciò ad allontanarsi; confusione e lacrime le riempirono il cuore e le sfocarono la vista. *Come le era venuto in mente?*

Avrebbe dovuto fermarsi a riflettere.

"Aspetta." Ryan le si mise di fronte per bloccarle la strada. "Non puoi dire una cosa del genere e andartene." La prese per le braccia e la tenne ferma. "Che significa che potresti non essere in grado di avere dei figli?"

"Ho dei problemi di salute," disse tutto d'un fiato

lei; poi si mise a parlare a vanvera. "Ogni giorno che passa diventa meno probabile che io possa portare in grembo un figlio. Non posso chiedere a un uomo di amarmi o di sposarmi sapendo che sono–"

"Un momento, un momento. Con calma. Va tutto bene; andrà tutto bene. Ora respira, lentamente… così, brava," la incoraggiò Ryan mentre Jillian cercava di fare ciò che lui le chiedeva.

"Sei a casa da meno di due settimane. Non puoi fare affermazioni del genere così come se nulla fosse. Non è possibile."

"Sì che lo è. Tua madre mi ha detto che tutte le tue sorelle si sono innamorate molto in fretta. Ma loro non c'entrano nulla; ti ho detto quello che provo per te, Jillian. E sono preoccupato per te. Non ti senti bene? Corri qualche rischio?"

"È tutto a posto. Ho solo qualche problema che mi rende difficile restare incinta… e ogni giorno che passa, la situazione peggiora. Devo fare presto un tentativo, e non c'è comunque alcuna garanzia di successo."

Come aveva anche solo potuto prendere in considerazione l'idea di trovare un uomo e sposarlo in fretta, in modo da poter provare a restare incinta? Era un modo di pensare troppo egoista.

"Sposami, Jillian. Sposami subito."

Lei si staccò. "Non è giusto."

"Nei confronti di chi?"

"Di te, tanto per cominciare. E della sottoscritta. Non puoi farmi una proposta del genere così, di punto in bianco, e indurmi in tentazione…"

"Non l'ho fatto di punto in bianco."

"Sì, invece."

Ryan la fissò. "Dimmi che non mi ami."

"Non ti amo." Jillian si costrinse a mantenere un tono di voce e un'espressione del tutto priva di emozioni.

"Sei sempre stata una bugiarda terribile e lo sei ancora."

"E tu sei piuttosto arrogante per dire una cosa del genere." Jillian fece del suo meglio per assumere un'aria convincente mentre un sorriso sbocciava sul bel viso di Ryan. "Smettila di sorridere. Stiamo parlando di cose importanti."

"Vero." L'uomo prese tra le dita una ciocca dei suoi capelli. "Adoro la sensazione dei tuoi capelli di seta tra le mie dita." La sua voce si fece roca mentre si avvicinava. "Adoro la sensazione delle tue labbra contro le mie. E bramo la sensazione del tuo corpo contro il mio. Ma soprattutto, desidero sapere che ti avrò accanto da oggi in poi. Tu dici che tutto questo è improvviso; io dico che ho sempre saputo che tu avresti avuto un posto speciale nel mio cuore. La morte di mia sorella ha cambiato la direzione della mia vita. Ma ora essa è di nuovo in carreggiata e la mia priorità è trascorrerla con te. Ti amo, Jillian, e l'unica cosa che mi preoccupa riguardo ai bambini è il fatto che tu ne soffra. Dimmi che mi ami, che mi sposerai, e stabiliamo la data."

Jillian aveva bisogno di un uomo e colui che amava era perfetto... ma no. "No, Ryan." Scosse la testa. "Non posso. Devo tornare alla festa e aiutare a riordinare."

"Jillian, non vorrai andartene come se nulla fosse."

Lei esitò, si voltò verso di lui e indurì il proprio cuore; ci sarebbe stato tempo dopo per le emozioni. "Invece sì. Sposarsi e avere dei figli sono le due decisioni più importanti che una persona possa prendere, e..." Esitò di nuovo. "Non intendo lasciare che tu commetta un errore, perché tu sei il genere di persona che sacrificherebbe il proprio futuro per sistemare il mio." E lo avrebbe fatto, perché Ryan era fatto così; Jillian doveva tenerlo a mente.

Mentre guardava Jillian allontanarsi da lui, Ryan si sentiva come se fosse stato preso a calci da uno dei tori da gara di Cam. Era meglio così: doveva darle del tempo per elaborare quanto era appena successo, e darne anche a se stesso.

Era chiaro che la giovane aveva voluto dire quello che aveva confessato. E lui avrebbe mentito se avesse detto che la rivelazione di Jillian non lo aveva sconvolto. Lei meritava dei figli; era nata per essere madre.

Ma la vita era ingiusta e lui lo capiva più di tutti. Jen e Marla non avevano meritato di morire, ma erano morte comunque.

Il Ringraziamento era finito, per lui. Si incamminò lungo la spiaggia, allontanandosi dalla festa, e prese la strada lunga per tornare al suo pick-up. Aveva bisogno di tempo per pensare.

Aveva bisogno di tempo, punto e basta.

CAPITOLO DIECI

Jillian era riuscita a non crollare dopo aver lasciato solo Ryan. Era stata dura, ma era riuscita a dare una mano a pulire, anche se il resort aveva del personale fantastico che aveva tutto sotto controllo.

Quando, finalmente, era tornata a casa, era crollata e le lacrime avevano cominciato a scorrere. Si sedette in veranda, circondata dai fiori, ma la pace che normalmente avvertiva in giardino ora le sfuggiva.

Ryan le aveva chiesto di sposarlo. Era esattamente ciò che lei aveva desiderato e ciò di cui aveva bisogno per realizzare tutti i suoi sogni. Ma non era riuscita ad arrivare fino in fondo.

Si tamponò gli occhi e si sforzò di arrestare il flusso delle lacrime.

Il suono del cancelletto del giardino che si apriva le fece sollevare lo sguardo.

"Jillian, sei qui?" chiamò Shar mentre oltrepassava i rododendri rosa. Olivia e Cali erano con lei.

"Eccoti," disse Olivia. Sembrava preoccupata.

Cali corse da Jillian. "Abbiamo bussato, ma non rispondevi. Oh, Jillian, ci sembravi turbata quando sei andata via dal resort."

E lei che aveva creduto di averlo nascosto tanto bene. Tirò su col naso. "È tutto a posto."

"Non siamo mica cieche," esclamò bruscamente Shar. "Per cui smettila di dire stupidaggini. Noi ti vogliamo bene e vogliamo aiutarti."

Ecco la Superdonna al salvataggio, pensò Jillian, guardando la sorella dai capelli scuri, che a sua volta la stava osservando con uno sguardo cupo, ma anche colmo di ansia.

Olivia lanciò un'occhiataccia a Shar, poi si

inginocchiò di fronte a Jillian. "È solo preoccupata per te. Lo siamo tutte. Ti abbiamo vista baciare Ryan ed eravamo entusiaste. Vi stavate divertendo parecchio, e poi tu sei andata in spiaggia con lui."

"E sei tornata da sola." Cali si sedette sul bordo della sedia accanto a quella di Jillian.

Shar rimase in piedi. "Cosa diamine è successo? Gli hai detto che avevi bisogno che lui ti desse un figlio?"

Fu il turno di Jillian di guardare storto Shar. "Io…" fu tutto ciò che riuscì a dire; poi i suoi occhi si riempirono ancora una volta di lacrime.

"L'hai fatto davvero." Shar gemette; Cali e Olivia la imitarono. "Hai davvero trovato il coraggio di chiederglielo? Non ci credo."

"Già." Jillian tirò su col naso e cercò di non rimettersi a piangere, ma le lacrime le scivolarono dagli occhi.

"E lui ti ha rifiutato," disse Cali. "Avevi ragione: è una situazione difficile per un uomo. Mi dispiace tanto, tesoro."

"Su, non piangere," disse Shar, che aveva anche

lei le lacrime agli occhi.

"Ryan non mi ha detto di no," mormorò Jillian. "Mi ha detto che mi amava, poi io gli ho detto che potrei non riuscire ad avere figli e che, se anche ne fossi in grado, dovrei farlo subito. E quasi prima che io potessi finire di parlare, lui mi ha chiesto di sposarlo. È davvero un uomo meraviglioso."

"Insomma, ci sarebbe da festeggiare."

"Ho rifiutato."

"Cos'è che hai fatto?" chiese Shar. "Ma lo ami. Lo hai detto tu stessa."

Jillian annuì. "È per questo che gli ho detto di no. Non posso farlo."

Le sue sorelle erano sbalordite.

"No, immagino che non saresti mai riuscita ad accettare." Cali le prese la mano. "Non ti permetteresti mai di fare una cosa del genere."

Jillian si asciugò gli occhi. "Non potevo. Lui ha chiesto la mia mano. Ha detto di amarmi e che non stavamo andando troppo in fretta. Ha detto tutto quello che doveva dire… ma io voglio che abbia ciò che merita. Non riuscirei mai a perdonarmi se lo sposassi e poi non potessi dargli un figlio.”

“Ma tesoro, puoi sempre adottarne uno,” disse Olivia.

“Esatto,” concordò Shar. “Insomma, non ci capisco niente. Sposalo, per la miseria.”

L’esasperazione costrinse Jillian ad alzarsi per allontanarsi fisicamente dalle sue sorelle. “È una faccenda complicata. Non farmi ramanzine, Shar. Lo amo, ma non posso sposare Ryan e vivere nella paura che, un giorno, lui si penta.”

Shar incrociò le braccia. Era evidente che aveva altro da dire, ma non lo fece. “La vita è tua,” fu tutto ciò che disse.

“Insomma, così stanno le cose.” Anche Cali pareva combattuta.

“Esatto. Mi sono fatta il mio pianto; ora andrà tutto bene. Ho diverse possibilità. Semplicemente, esse non comprendono un uomo.”

Olivia si accigliò. “Questo non mi piace.”

Jillian sorrise. Sapeva che le altre non potevano

capire; lei stessa non ci riusciva, non del tutto. Ma sapeva che non sarebbe stato giusto, da parte sua, accettare la proposta di Ryan. "Andrà tutto bene. Me la caverò."

O almeno così sperava...

"Allora, quando comincio?"

Il mattino dopo, Levi sollevò lo sguardo dalla sua scrivania mentre Ryan entrava in ufficio e si spaparanzava sulla sedia vuota di fronte a lui.

"Se questo significa che hai accettato la mia offerta, puoi iniziare anche ieri." Levi si alzò, allungò il braccio e gli tese la mano. "Sono felicissimo di averti con me."

Ryan si sporse e accettò la stretta di mano ferma del suo amico. "Anche io lo sono. Sul serio: quando comincio?"

Levi si lasciò ricadere sulla sedia e lo osservò con aria dubbiosa. "Amico mio, hai un aspetto terribile. Che succede?"

"Sono qui per il lavoro, Levi. Non perché tu mi dica che aspetto ho."

"Nervoso *e* imbruttito. Dove sei andato ieri? Ti ho visto allontanarti assieme a mia sorella; non sei più tornato. Qualcosa non va tra di voi?"

"Cosa ti fa pensare che ci sia qualcosa tra noi? Non ho bisogno che il mio capo si intrometta nella mia vita privata."

Levi strinse gli occhi. "Per tua informazione, sapere cosa succede in giro fa parte del mio mestiere. Ho informatori ovunque. Vi siete divertiti nella laguna, sul tardi? Credi che non sappia che provi qualcosa per Jillian? L'hai anche baciata, ieri. O te ne sei dimenticato?"

Ryan avrebbe dovuto sapere che Levi aveva le mani in pasta dappertutto. E poi, aveva baciato Jillian di fronte a tutti, sull'onda dell'emozione. Avrebbe dovuto rendersi conto durante il gioco delle mele nell'acqua che la amava. Era così semplice. Era stato come se, quando lui aveva sollevato la testa dal contenitore con l'acqua che gli gocciolava lungo il viso e aveva visto la gioia pura sul volto di lei, tutto fosse andato a posto nel suo cuore. Sconcertato, aveva gareggiato assieme a Levi e tutto gli era divenuto chiaro mentre guadagnavano il traguardo.

"È un problema per te?" Aveva bisogno di restare lì e contribuire al benessere della città che aveva sempre amato, assieme alla donna che si era reso conto di amare. Doveva solo convincere Jillian a confessare che lo amava a sua volta. *Aveva forse corso troppo?*

"Ti conosco, Ryan. Sei un brav'uomo. Ma la cosa più importante è quello che vuole Jillian."

Ryan si piegò in avanti, i gomiti appoggiati alle ginocchia e le mani giunte. "Avresti dovuto dirmi che aveva un problema tanto serio. Non sapere se riuscirà mai ad avere un bambino dev'essere–"

"*Jillian non può avere figli?*" Gli occhi d'aquila di Levi lo trafissero. "Cosa stai dicendo?"

Ryan si diede uno schiaffo in fronte. "Non lo sapevi?" gemette.

"No che non lo sapevo." Levi si appoggiò allo schienale della sedia, l'espressione distrutta, proprio come lo era il cuore di Ryan. "Jillian ha sempre voluto dei figli. Dev'essere terribile per lei."

"Sì, ma lei non ha accettato la mia offerta di aiu–"

"*Cosa* hai fatto tu?" ringhiò Levi. "In un momento come questo, Jillian non ha certo bisogno di una proposta–"

"Se stavi per dire 'indecente', puoi anche evitarlo. La mia era una proposta di matrimonio."

Levi spalancò gli occhi. "*Prego?*"

"Ma mi ascolti o no?" Ryan si alzò. "Ti ho detto che amo Jillian."

"Tu non hai parlato di amore. L'hai baciata e io ho dato per scontato che ci fosse qualcosa tra voi, ma non hai detto di amarla."

"Beh, la amo." Ryan si mise a camminare in cerchio nel piccolo ufficio; poi si fermò. "Ma lei crede che io le abbia chiesto di sposarmi solo per avere un bambino. E non è così."

Levi andò alla brocca del caffè. "Che ne dici di una tazza?" Ne versò una e la porse a Ryan, anche se lui non aveva risposto.

Ryan accettò l'offerta. "Come posso fare a rimediare?"

Il suo vecchio amico si versò una tazza di caffè e bevve cautamente un sorso. "Col tempo. E all'antica: corteggiala fino a quando non ti darà il benservito o non accetterà di sposarti."

"Ma il problema è proprio questo: Jillian mi ha detto che ogni giorno che passa riduce le sue probabilità di avere un figlio. Il tempo non è dalla sua."

"E lei lo sa benissimo. La conosci: è prudente e paziente. Potrebbe anche aver pensato di sposarsi in fretta e furia solo per avere un figlio, ma dubito seriamente che lo farebbe davvero."

Ryan sapeva che era così. "E in tutto questo, io cosa dovrei fare?"

"Dovresti sistemare i tuoi affari e concludere il tuo trasferimento qui in pianta stabile. Se Jillian ti ama, prima o poi si convincerà. Oggi è venerdì; comincerai a lavorare mercoledì. Il tempo ti basta per sistemare tutto e tornare qui?"

"Sì. Jax è tornato; detesto dirglielo, ma non sono il genere d'uomo adatto a fare il suo lavoro. Sono un poliziotto."

Levi annuì. "Proprio così. Non ho mai pensato che avresti continuato a fare quel mestiere. Ora dai una sistemata alla tua vita e torna qui. Il tuo paese ha bisogno di te."

Era buono a sapersi. Ma mentre usciva dalla stazione di polizia, Ryan si chiese se anche Jillian avesse bisogno di lui.

CAPITOLO UNDICI

Le due settimane successive al Ringraziamento furono un periodo di grande lavoro per il resort, grazie al cielo: il Natale era in arrivo e c'erano tre matrimoni in spiaggia prenotati, oltre a un matrimonio più grande e formale che si sarebbe tenuto nella sala da ballo. Tutto ciò tenne occupate tutte quante e lasciò a Jillian meno tempo per pensare a se stessa e per fare il suo lavoro. Non solo doveva dare una mano con l'organizzazione, ma anche occuparsi dei fiori. In progetti del genere, Blair era il suo braccio destro, nonché indispensabile.

Soprattutto per quanto riguardava il matrimonio formale, che richiedeva di dedicare una maggiore attenzione alla sala da ballo per via dell'assenza di una vista sull'esterno. Ma Jillian adorava realizzare le idee delle spose e si tuffò a testa bassa nel matrimonio. Lei e Blair si erano già incontrate con la sposa e la madre della sposa qualche giorno prima, ma un nuovo incontro era previsto per il giorno stesso.

"Non ho mai visto una sposa più nervosa di Darlene," mormorò Blair a Jillian.

"Le verrà un'ulcera," mormorò Jillian in tono solidale mentre guardava la sposa e sua madre che, dalla parte opposta della stanza, conversavano sottovoce. Jillian aveva la sensazione che la madre stesse cercando di convincere la figlia a prendere una decisione. Le due avevano scelto dei fiori, ma poi erano venute a discutere di alcuni cambiamenti che si erano rivelati importanti e aveva scelto infine una terza soluzione. L'ulcera sarebbe venuta a Jillian, altroché.

"Dovrebbe essere un momento felice," proseguì Blair.

"È vero." Jillian pensò a Ryan. Cercava di non

farlo troppo spesso. Sapeva che l'uomo aveva accettato il lavoro offertogli da Levi e che ora viveva sull'isola, ma lo aveva incrociato solo una volta, al negozio di alimentari. Lui le aveva chiesto come stesse e lei aveva risposto che andava tutto bene. Poi erano andati ognuno per la sua strada. Ryan non l'aveva invitata a mangiare il gelato con lui.

"Voglio dire, io sono nervosa," disse Blair, facendo irruzione nei pensieri di Jillian. "Sai, con il bambino e tutto, avevo paura di come avrebbe reagito Jax. Temevo che si sarebbe sentito in trappola. Ma lui è stato magnifico ed era così felice."

"Avete deciso una data?"

"Non ancora. Dobbiamo mettere d'accordo le nostre famiglie." Blair lanciò un'occhiata per controllare se le clienti stessero ancora parlando; così era. "Volevo chiederti: vuoi essere la mia damigella?"

Jillian rimase senza parole, poi disse: "Ma certo. Sarà un onore."

Uno splendido sorriso si allargò sul volto di Blair. "Speravo che avresti accettato. Ti farò sapere la data non appena l'avremo deciso."

"Sarà bellissimo," disse Jillian proprio mentre la sposa si avviava a grandi passi verso di lei, seguita a ruota dalla madre. Jillian sorrise. "Avete preso una decisione?"

"Mia madre sostiene che io sia ridicola," disse la donna in tono drammatico. "Ma questo è il giorno più importante della mia vita. Ci siamo capite?"

Jillian si irrigidì, ma mantenne la calma. "Certo. Cosa posso fare per aiutarti?"

"Questa stanza ha bisogno di qualcosa in più... È–"

La madre si massaggiò la tempia. "Darlene, basta. Questo posto sarà splendido. Ci penseranno Jillian e la sua squadra. Vero?"

"Certo." Jillian le aveva mostrato i loro cataloghi e le aveva spiegato tutto numerose volte.

"Splendido non mi basta. Voglio che sia fantastico, spettacolare. Ma non ci siamo e il tempo sta scadendo." Poi la sposa scoppiò a piangere in maniera isterica e uscì di corsa.

"Sono mortificata," disse la madre. "Questo matrimonio mi farà morire, lo giuro. Per favore, continuate pure come abbiamo concordato, e se riuscirete a rendere… ehm, spettacolare… la sala, per favore, fatelo. Il denaro non è un problema."

"Alla faccia dell'abominevole sposa." Blair sospirò. "Che roba."

Jillian annuì. "Già. Beh," aggiunse, voltandosi verso Blair, "non pensare nemmeno di comportarti così quando ti sposerai."

Blair rise. "Prometto che non lo farò. Ora sarà meglio che vada a cambiarmi. Oggi pomeriggio devo sostituire una cameriera al ristorante."

"Ah, me n'ero dimenticata. Tu lavori troppo, sai."

Blair sorrise. "Grazie al cielo adoro il mio lavoro. Sono fortunata."

"Lo siamo tutte e due."

Una volta rimasta sola, Jillian osservò la grande sala. Quello che aveva proposto a Darlene era già sfarzoso: tovaglie dorate, candele color panna e rose dello stesso colore, per non parlare dei cristalli pendenti dal soffitto. E altro ancora… Sarebbe stato un matrimonio spettacolare. Jillian aprì il fascicolo e osservò il tableau che aveva preparato mesi prima, quando le due donne erano venute a prenotare. Tutto era già stato progettato ed era pronto all'implementazione. Quello sviluppo improvviso era qualcosa di inaspettato. Jillian si chiese se Darlene non fosse semplicemente nervosa. In tal caso, avrebbe fatto meglio a darsi una calmata.

Bisognosa anche lei di un po' d'aria fresca, Jillian uscì dall'edificio e camminò lungo il laghetto ornamentale, fermandosi a guardare i cigni che nuotavano.

"Attenta!" gridò qualcuno. Jillian si voltò sullo stretto viale, appena in tempo per vedere un'enorme massa di pelo e labbra flosce correre all'impazzata lungo la strada. L'animale abbaiò rumorosamente e le saltò addosso. Jillian perse l'equilibrio e indietreggiò barcollando a causa del peso del cane; poi cadde nel canale basso e stretto.

Fradicia e sputacchiante, si mise seduta mentre l'enorme cane giocava nell'acqua vicino a lei. Sollevò lo sguardo e, figurarsi, era Ryan quello che stava entrando in acqua.

"Va tutto bene?" chiese l'uomo.

Jillian si levò i capelli dal viso; ancora non aveva capito esattamente come avesse fatto a finire in acqua. "Credo di sì. Da dove è sbucato fuori quel cane?"

Ryan le tese la mano. Lei la prese e avvertì subito la stretta dell'attrazione, nonostante fosse bagnata fradicia. L'uomo sorrise mentre la aiutava ad alzarsi. "Ci hanno chiamato per dirci che c'era un grosso cane che girava libero sulla spiaggia. Quell'animale ha fatto un sacco di danni: dovresti vedere quanti cestini rovesciati e ombrelloni rotti si è lasciato alle spalle. Poi è arrivato da te, e adesso guardalo: è calmo come un agnellino."

Jillian aveva ancora il fiato corto per la caduta mentre abbassava lo sguardo per vedere l'enorme cane bianco e peloso seduto in un metro d'acqua. L'animale le sorrise; la lingua gli penzolava pigramente da un lato del muso, mentre la sua lunga coda sferzava la superficie dell'acqua.

Jillian rise. "Tu non hai dignità." Si diede una pacca sulla coscia per incoraggiare il cane a uscire dall'acqua. "Su, vieni fuori da lì." E il cane obbedì: uscì in tutta calma, gocciolando, e appoggiò la testa umida sul ginocchio di Jillian. Lei lo accarezzò e guardò Ryan. "Si sa chi è il padrone?"

"Vediamo." Ryan allungò una mano e girò la medaglietta attaccata al collare del cane. "Si chiama Roscoe e appartiene a..." Ryan ridacchiò. "Ma tu guarda." Sollevò lo sguardo. "Il padrone è Kevin Donald Price."

"Quel nome mi ricorda... ah! È il ragazzino delle mele."

"Esatto. Qui ci sono un numero di telefono e un indirizzo. Mi sa che lo porto direttamente là, piuttosto che chiamare."

Lei e Ryan erano vicini e Jillian si rese conto che, almeno per il momento, non erano più a disagio l'una con l'altro. L'incontro al negozio non era andato bene. Lei avrebbe tanto voluto compiere un gesto di distensione, allora, ma si era trattenuta.

"Vuoi venire con me? Posso portarti a casa in modo che tu possa cambiarti. A meno che tu non preferisca continuare a lavorare conciata così."

Nel frattempo, Ryan aveva preso Roscoe per il collare e stava tenendo fermo il mostruoso cucciolo.

Jillian fece per rifiutare, ma aveva davvero bisogno di cambiarsi. "Certo. Sarebbe bello. E sarà divertente vedere Kevin riunito col suo cane."

Roscoe scelse proprio quel momento per scrollarsi l'acqua dal pelo, spruzzandoli entrambi.

"Ah, cavoli," disse Ryan. "Aveva l'acqua di mezza baia addosso."

"Non dirlo a me. Sono di nuovo fradicia."

Poco dopo, i due salirono a bordo del SUV di proprietà della polizia di Windswept Bay. Ryan fece salire il cane sul retro mentre Jillian si asciugava con delle salviette prese in piscina.

"Non vedo l'ora di fare una doccia. Hai tempo?"

"Ho tutto il tempo che vuoi. Farò qualche telefonata mentre tu ti lavi."

Jillian non viveva lontano dal resort; nel giro di qualche istante, furono nel suo viale. Lei dovette dargli qualche indicazione, ma Ryan non ebbe problemi ad arrivarci.

"Eccoci qua." L'uomo parcheggiò e scese dall'auto. Roscoe infilò il testone fuori dal finestrino e abbaiò. Ryan gli fece una carezza. "Buono, tu. Non scendi qui."

Ryan non aveva abbassato completamente il finestrino: non voleva correre il rischio che il cane scappasse di nuovo.

"Non ci metterò molto. Entra pure, se vuoi."

"Chiamo Levi e gli faccio sapere cosa sta succedendo. L'ultima volta che ho inseguito qualcuno in mezzo ai cespugli, si trattava di uno spacciatore. È stato bizzarro inseguire un cane."

Jillian sorrise, anche se con una certa esitazione. "Ti stai abituando al lavoro?" Non aveva parlato molto con Levi nel corso delle ultime due settimane, ma aveva sentito dire che Ryan aveva iniziato a lavorare.

"È diverso. Ma è piacevole."

Jillian annuì ed entrò in casa. Non poteva negare di essere felice di aver visto Ryan. L'uomo aveva proprio un bell'aspetto, anche se avrebbe anche potuto averne uno terribile e lei avrebbe pensato la stessa cosa. Doveva stare attenta.

Doveva stare molto attenta.

Ryan doveva stare attento. *Molto attento.*

Aveva inseguito Roscoe per tutto il resort e non si sarebbe mai sognato che l'inseguimento si sarebbe concluso in quel modo. Aveva contattato Levi con la radio, per poi telefonare alla madre di Kevin. La donna si era dimostrata enormemente sollevata e gli aveva assicurato che, da quel momento in poi, lui sarebbe stato l'eroe di Kevin.

Una volta finito, fu tentato di entrare in casa di Jillian, solo per vedere come fosse. Avrebbe voluto vedere Jillian, sentire la sua voce, ma l'aveva evitata, se non quella sera in cui si erano incrociati al negozio.

Aveva avuto bisogno di darle spazio, cosa che sarebbe stata impossibile se le fosse stato vicino. Ma Roscoe aveva cambiato la situazione.

Ryan si appoggiò con la schiena al SUV e guardò il cane. "Sì, è tutta colpa tua. Devo giocare bene le mie carte, o lei potrebbe continuare a scappare.”

Roscoe inclinò la testa e i suoi occhi neri posarono su Ryan uno sguardo carico di solidarietà.

“Ma ti dico una cosa,” disse al cane. Sì, conversare con un cane poteva essere sintomo di qualche problema. “Aveva un aspetto magnifico… anche fradicia e col mascara sbavato, c’è voluta tutta la mia forza di volontà per far finta di nulla. Cosa che sono obbligato a fare.”

La porta si aprì; ne uscì Jillian. Ryan gemette. E lo stesso fece Roscoe, come se avesse potuto capirlo. I capelli della giovane erano ancora umidi dalla doccia e un morbido ricciolo le ricadeva sul viso. Jillian indossava dei semplici jeans bianchi e una camicetta azzurra, ma non avrebbe potuto essere più bella nemmeno indossando un abitino nero e scarpe col tacco.

“Scusa se ci ho messo tanto. E dire che non mi sono asciugata i capelli.”

“Va tutto bene. Io e Roscoe abbiamo fatto amicizia, nel frattempo.”

Jillian ridacchiò, un suono lieve e cristallino che

sciolse le interiora di Ryan e gli fece battere il cuore all'impazzata. "Spero che non ti dispiacerà troppo restituirlo a Kevin," scherzò mentre lui le apriva la porta.

"Sopravvivrò. E, se posso dirlo, stai molto bene dopo una bella ripulita."

I loro sguardi si incontrarono. "Grazie," mormorò lei.

"Mi limito a dire le cose per come stanno."

Ryan chiuse la porta e si insultò da solo durante tutto il tragitto fino al veicolo. *Così non andava bene. Jillian sarebbe scappata se lui avesse insistito troppo.*

Il cuore di Jillian era stretto in una morsa tale che per poco non aveva detto a Ryan che sarebbe rimasta a casa. Ma non ce l'aveva fatta. Dunque, eccola lì, seduta accanto a lui durante il viaggio in macchina che li stava portando verso un quartiere poco distante dalla spiaggia.

Non serviva conoscere l'indirizzo per sapere quale fosse la casa di Kevin: il ragazzino era in cortile e, quando lo vide, Roscoe si mise ad abbaiare e a ululare.

"Si vede che si vogliono molto bene," disse Jillian. "Roscoe deve essersi perso; magari stava cercando Kevin."

"Mi sa che hai ragione." Ryan arrestò il SUV e spense il motore. Mentre loro due scendevano, Kevin corse nella loro direzione.

La madre del bambino scese dalla veranda. "Piano, Kevin."

Ma il bambino non stava ascoltando mentre Ryan apriva la portiera. Roscoe scese in un tuffo dalla macchina e raggiunse il suo umano nel giro di due balzi.

Ryan rimase accanto a Jillian; le loro spalle si toccavano. La giovane sollevò lo sguardo su di lui. "Che bello spettacolo," disse. "Ti fa sentire bene, vero?"

"Sì, è proprio vero."

"Grazie, Ryan," esclamò Kevin mentre sollevava lo sguardo, abbracciato al suo enorme cane. "Pensavo di averlo perso per sempre." Il ragazzino venne ad abbracciare le ginocchia di Ryan. "Sei il migliore." Poi lo guardò. "Non sapevo che fossi un poliziotto."

Ryan appoggiò una mano sulla testa di Kevin. "Beh, lo sono. E sono felice di aver aiutato te e Roscoe a ritrovarvi."

Kevin tirò sul naso. "Grazie. Mio papà mi ha regalato Roscoe quando era cucciolo. Lui è tutto per me. Stavo pregando Dio perché me lo riportasse, ma ci hai pensato tu."

Ryan si inginocchiò. "Dov'è il tuo papà?"

Kevin abbassò lo sguardo. "È in Cielo."

"Oh," disse Ryan. "Mi dispiace tanto."

"Grazie. Vuoi giocare con me e Roscoe? Ho un fortino nel cortile sul retro."

"Certo," disse Ryan senza esitare. Poi guardò Jillian. "Torno subito."

"Fa' con calma," lo incoraggiò lei, allungando una mano per dargli una stretta al braccio. Lui le coprì la mano con la propria e strinse; poi seguì il bambino e il cane oltre un cancelletto e svanì mentre faceva il giro della casa.

Anche la madre di Kevin li guardò. Aveva le braccia incrociate ed era immobile. "Vi ringrazio entrambi per aver riportato Roscoe a casa. Eravamo andati in spiaggia e avevamo lasciato il cane in giardino, ma si vede che il cancello non era chiuso bene. Quando siamo tornati, Roscoe non c'era più. Kevin ama quel cane alla follia." La donna aveva le lacrime agli occhi. "È l'unica cosa che gli resta del suo papà…"

"Ha anche lei." Jillian circondò la donna con un braccio; aveva la sensazione che avesse bisogno di essere abbracciata. "Mi chiamo Jillian."

"Io Jessica. E avevo davvero bisogno di quell'abbraccio."

"Anch'io. Mi veniva da piangere."

"Ryan è fantastico. Kevin non smette di parlare di lui dal Giorno del Ringraziamento. Lui non ha idea di quanto abbia aiutato Kevin quel giorno, e lo stesso vale per il vostro resort. Ci siamo trasferiti qui di recente, per via del mio lavoro, ed essere lontani da amici e parenti nel periodo delle feste è molto dura. Venire alla festa ci ha aiutato a non pensarci."

"Oh, sono felicissima che vi siamo stati d'aiuto. E Ryan, beh, è Ryan. Credo che Kevin abbia un amico a disposizione ogni volta che lo vorrà."

Poco dopo, Ryan tornò da loro; aveva Kevin in spalla. Roscoe li seguiva scodinzolando.

"Lei ha davvero un figlio fantastico. Io ho appena cominciato a lavorare al dipartimento di polizia; lo porti là e gli faremo fare un giro. Gli ho promesso che lo avrei fatto salire sull'auto della polizia."

"Mamma, ti prego."

"Sì. Grazie, lo farò."

Poco dopo, Jillian e Ryan si allontanarono. Lei e Jessica aveva in programma di pranzare insieme in futuro.

Quando Ryan arrivò allo stop, non si mosse. Poi svoltò a sinistra e si diresse verso la spiaggia. Si fermò in un parcheggio, dopodiché le prese la mano. "Possiamo parlare, per favore?"

"Sì. Mi piacerebbe molto."

Ryan condusse Jillian attraverso la spiaggia e fino al bordo dell'acqua. Non dissero nulla mentre camminavano, ma lui avvertì un senso di pace nel voltarsi verso di lei. "Jillian, io ti amo. Davvero. Con tutto il cuore. E se tu mi avessi respinto perché non mi ami, capirei. Ma non sopporto che tu mi respinga perché credi che mi priveresti dei figli."

"Ma ti ho visto con Kevin. Tu hai bisogno di avere dei figli tuoi."

"Io ho bisogno di *te*. È *te* che voglio." Ryan la prese tra le braccia. "Tutto questo mi sta uccidendo. Io non vado da nessuna parte. E un giorno, noi avremo dei figli. E li ameremo e ci prenderemo cura di loro, non importa come li avremo avuti."

Jillian lo fissò mentre la sua espressione si inteneriva. E poi, nei suoi occhi cominciarono a luccicare le lacrime.

"Ho riflettuto molto, nelle ultime due settimane, e credo che tu stia cercando di proteggermi. Sacrificheresti la tua felicità per la mia se credessi che ciò fosse nel mio interesse."

Jillian si irrigidì quando lui si sporse a baciarla nella parte destra della mascella. "Non puoi negarlo, vero?" mormorò Ryan contro la pelle morbida di lei, per poi baciarla sul lato sinistro. "Non lasciarmi in sospeso, Jillian. Non lasciare in sospeso la nostra vita insieme."

"Ryan," mormorò lei. "Non potrei mai perdonarmi se tu ti pentissi."

Il cuore di Ryan si spezzò mentre guardava negli occhi gentili, dolci, colmi d'amore di Jillian. "Se solo tu sapessi quanto ti amo, capiresti che l'unica cosa di cui potrei pentirmi sarebbe dover vivere senza te come moglie."

"Oh, Ryan."

"Mi ami?"

"Moltissimo. Credo di amarti da sempre."

"E questo mi rende l'uomo più fortunato al mondo."

Il cuore di Jillian prese a tuonare alle parole di Ryan; mentre lui avvicinava le labbra alle sue, finalmente, lei gli credette… ma non riuscì a trattenersi dal chiedere per un'ultima volta: "Sei sicuro?"

Lui rise e la prese tra le braccia; anche lei rideva. "Ryan."

"Jillian, smettila di tormentarti. Tu e io fonderemo la nostra casa sul *nostro* amore. Ora dimmi che mi sposerai, per favore. E sposiamoci presto.”

“Sì, ti sposerò.” Il cuore di Jillian si colmò di gioia e lei capì che tutto ciò che Ryan aveva detto era giusto.

“Grazie,” gridò lui, levando lo sguardo al cielo; poi la baciò come Jillian non era mai stata baciata prima… e lei seppe che aveva ragione. La loro felicità e la loro casa non potevano che essere fondate su una base comune.

EPILOGO

Tre giorni dopo, Jillian e Ryan erano nel giardino del resort, circondati dalle loro famiglie mentre pronunciavano i voti nuziali. Ryan non aveva voluto aspettare e lei non aveva voluto posticipare il matrimonio con l'uomo dei suoi sogni.

E ora, mentre si tenevano per mano con le fedi d'oro agli anulari delle mani destre, lei vide l'amore di Ryan brillargli negli occhi.

"Ryan, Jillian," disse il pastore, "io vi dichiaro marito e moglie."

Le ginocchia di Jillian tremarono quando Ryan la

prese tra le braccia e la baciò come se fosse stata un tesoro. Il suo tesoro.

"Buongiorno, signora Locke," mormorò suo marito con voce roca contro le labbra di Jillian. "Dove sei stata per tutta la mia vita?"

Il cuore di Jillian si colmò d'amore, un amore immenso. "Proprio qui," mormorò prima di abbandonarsi contro Ryan. I loro cuori battevano all'unisono.

Proprio come era sempre stato destino che facessero.

Altri Volumi Della Serie Di Windswept Bay

DA QUESTO MOMENTO (Volume 1)

Ferita da un matrimonio fallito e dall'infrangersi dei suoi sogni, Cali Sinclair torna a casa a Windswept Bay col cuore colmo di sospetto e chiuso all'idea di quel vero amore che un tempo desiderava disperatamente. Decisa a non mettere mai più a rischio i propri sentimenti, si getta a capofitto nella conduzione del piccolo boutique resort della sua famiglia sulla costa della Florida, un luogo così romantico da ricordarle ogni giorno tutto ciò che non avrà mai. Ma quando, un giorno, il famoso artista Grant Ellington si presenta per dipingere un murale su una parete del resort, Cali viene colta alla sprovvista dalla sua violenta reazione all'artista. All'improvviso, ogni volta che lui la guarda, Cali trova più difficile di quanto avrebbe creduto possibile proteggere il proprio cuore.

Grant Ellington ama il suo ranch, i suoi cavalli e la sua

vita di artista famoso. Ma dopo essere sopravvissuto a un incidente aereo che ha ucciso il suo migliore amico e il loro giovane pilota, è ancora afflitto dalla sindrome del sopravvissuto quando parte alla volta di Windswept Bay. Dipingere un murale marittimo al resort doveva essere, in origine, un favore fatto a un vicino, ma basta un incontro con la bella Cali perché Grant si senta di nuovo vivo… e deciso a trascorrere del tempo sulle spiagge baciate dalla luna con lei tra le braccia…

Ma, come lui, anche Cali si porta dentro delle cicatrici. Riusciranno i due a dare fiducia all'amore che scoppietta tra di loro e a ricominciare da questo momento?

DA QUALCHE PARTE CON TE (Volume 2)

La sfacciata, supponente Shar Sinclair ha la passione per le tartarughe marine che soccorre nella zona di Windswept Bay ed è altrettanto bisognosa di libertà quanto lo sono loro. È felice della sua vita, dedicata ad aiutare nella gestione del resort di famiglia e a occuparsi della fauna che la circonda. Ma a volte rimpiange di non avere qualcuno con cui condividere la sua passione, in tutti i sensi. Eppure, ciò potrebbe significare rinunciare a parte della sua libertà, e lei non è sicura che potrebbe mai fare una cosa del genere per qualcuno…

Gage Lancaster è un milionario che si è fatto da solo ed è abituato ad avere ciò che vuole, ma negli ultimi tempi nella sua vita c'è un vuoto, un'irrequietezza, che lui non sembra in grado di colmare. Durante una visita a Windswept Bay, Gage nota una bella donna sulla spiaggia, intenta a cercare di liberare una tartaruga di mare rimasta intrappolata in una lenza, e va ad aiutarla. L'uomo rimane affascinato dal fuoco e dalla passione che si irradiano da Shar e capisce subito di

CON QUESTO BACIO (Volume 3)

Un bacio è solo un bacio… o così dicono. Ma io non

sono d'accordo: questo bacio può cambiare una vita. Ha cambiato la mia.

Siete ufficialmente invitati al matrimonio di Shar Sinclair con l'uomo dei suoi sogni, Gage Lancaster… sempre che lo sposo si presenti alla cerimonia.

Che fine ha fatto Gage?

Manca solo un'ora all'inizio della cerimonia e nessuno ha notizie di Gage, che non risponde nemmeno al telefono. Shar è pronta ad andare in cerca del suo uomo, perché è evidente che qualcosa non va.

Dopo aver ricevuto il messaggio che stava aspettando da un investigatore privato, Gage non può fare a meno di fare una deviazione importantissima mentre si dirige al suo matrimonio.

Ma la situazione sfugge presto al suo controllo e tutto, nella giornata delle nozze, sta per cambiare…

ADESSO E PER SEMPRE (Volume 4)

L'addetta alle relazioni pubbliche Olivia Sinclair è stata lontana da Windswept Bay per anni, impegnata ad aiutare l'élite di Hollywood a sfuggire a uno scandalo dopo l'altro. Ma ora è lei ad aver fatto scalpore e a trovarsi sulle pagine di tutti i giornali scandalistici. All'improvviso, tornare a casa a Windswept Bay e mantenere un basso profilo sembra proprio il consiglio migliore che Olivia potrebbe dare a se stessa.

La vita del barcaiolo Brandon "BJ" McCall ha appena subito un cambiamento profondo. Brandon ha appena scoperto di avere un fratello e di aver ereditato milioni; una situazione complicata… anche perché i suoi sentimenti riguardo a entrambe le situazioni sono piuttosto ambivalenti. Ma salvare una bella donna con un pigiamino di Pink Kitty è una complicazione per lui piacevole.

Essere salvata da uno sconosciuto che potrebbe

rivaleggiare con uno qualunque dei suoi clienti di Hollywood non è esattamente ciò che Olivia aveva in mente quando è venuta a casa a nascondersi. Innamorarsi di un tizio che, come poi ha scoperto, sarebbe materiale perfetto per i tabloid non è certo una mossa saggia per una come lei: sta cercando di levarsi dalle copertine delle riviste scandalistiche, non di prendervi posto in pianta stabile!

Ma la situazione è complicata.
Soprattutto sulle spiagge di Windswept Bay, dove il romanticismo è nell'aria e l'amore è una complicazione che potrebbe anche essere impossibile da contrastare.

L'autrice

Scrittrice di best-seller, Debra Clopton ha venduto oltre due milioni e mezzo di copie. Scrive romanzi dolci, contemporanei e western, ambientati in Texas e sulle spiagge della Florida. Le sue serie sono pulite e adatte a tutti; inoltre, Debra scrive anche romanzi motivanti di ispirazione cristiana. Debra è nota per i suoi dialoghi vivaci, per i suoi eroici cowboy e le sue eroine esuberanti. Ha ottenuto riconoscimenti come il "The Book Sellers Best", il "Romantic Times Magazine's Book of the Year", il "Reader's Choice Awards" e molti altri. È stata inoltre finalista del premio "Golden Heart", organizzato dalla Romance Writers of America, e tre volte finalista del "Carol Award" dell'American Christian Fiction Writers. Texana di sesta generazione, Debra vive in un ranch in Texas con suo marito Chuck. Adora viaggiare e trascorrere del tempo con la sua famiglia. Ha scritto per la Harlequin e per Harper Collins Christian e ora pubblica con la DCP Publishing. È entusiasta di scrivere per la DCP Publishing e di vedere i suoi libri venduti in tutto il mondo.

Debra adora aiutare le persone a sorridere con le sue storie divertenti e dal ritmo concitato.

Visitate il sito di Debra: www.debraclopton.com
Date un'occhiata alla sua pagina Facebook: www.facebook.com/debra.clopton.5
Seguitela su Twitter: www.twitter.com/debraclopton
Contattatela all'indirizzo Debraclopton@yamil.com
Iscrivetevi alla newsletter di Debra e partecipate ai contest a www.debraclopton.com/contest

www.ingramcontent.com/pod-product-compliance
Lightning Source LLC
Chambersburg PA
CBHW070649100726
47907CB00007B/2149